目錄

U0082568

IV. 購物與金錢

V. 旅館和觀光

VI. 電話・郵局

VII. 膳食

VIII. 娛樂

I

基本字詞

Nützliche Wörter und Redewendungen

Basic Words and Phrases

1 數・量
Zahlen und Mengenangaben
Numbers and Quantity

 重要用語

 MP3-01

中文	德文	英文
1	eins, ein, eine ★ eins 僅用於數數目時，而 ein 與 eine 則用於名詞前。	one
2	zwei	two
3	drei	three
4	vier	four
5	fünf	five
6	sechs	six
7	sieben	seven
8	acht	eight
9	neun	nine

10	zehn	ten
11	elf	eleven
12	zwölf	twelve
13	dreizehn	thirteen
14	vierzehn	fourteen
15	fünfzehn	fifteen
16	sechzehn	sixteen
17	siebzehn	seventeen
18	achtzehn	eighteen
19	neunzehn	nineteen
20	zwanzig	twenty
21	einundzwanzig	twenty-one
22	zweiundzwanzig	twenty-two
30	dreißig	thirty
40	vierzig	forty
50	fünfzig	fifty

60	sechzig	sixty
70	siebzig	seventy
80	achtzig	eighty
90	neunzig	ninety
100	[ein]hundert	one hundred
101	hunderteins	one hundred and one
110	hundertzehn	one hundred and ten
200	zweihundert	two hundred
300	dreihundert	three hundred
1,000	1.000 [ein]tausend	one thousand
10,000	10.000 zehntausend	ten thousand
1,000,000	1.000.000 eine Million	one million
第 1	der[die,das] erste	first
第 2	der[die,das] zweite	second
第 3	der[die,das] dritte	third

第 4	der[die,das]　vierte	fourth
第 5	der[die,das]　fünfte	fifth
第 6	der[die,das]　sechste	sixth
第 7	der[die,das]　siebte	seventh
第 8	der[die,das]　achte	eighth
第 9	der[die,das]　neunte	ninth
第 10	der[die,das]　zehnte	tenth
第 11	der[die,das]　elfte	eleventh
第 12	der[die,das]　zwölfte	twelfth
第 13	der[die,das]　dreizehnte	thirteenth
第 20	der[die,das]　zwanzigste	twentieth
第 30	der[die,das]　dreißigste	thirtieth
第 40	der[die,das]　vierzigste	fortieth
第 50	der[die,das]　fünfzigste	fiftieth
第 60	der[die,das]　sechzigste	sixtieth
第 70	der[die,das]　siebzigste	seventieth

I

第 80	der[die,das] achtzigste	eightieth
第 90	der[die,das] neunzigste	ninetieth
第 100	der[die,das] hundertste	one hundredth
多少	wieviel[e]	how many how much
少許，一些	etwas, ein wenig, einige	a little; a few
許多	viel[e] eine Menge , sehr viel , sehr viele	much; many; a lot [of]; plenty [of]

實用會話　　 MP3-02

I

---

1 你有幾根香煙？

Wieviele Zigaretten haben Sie?

How many cigarettes do you have?

---

2 我有一百根香煙。

Ich habe hundert Zigaretten.

I have one hundred cigarettes.

---

3 這本書多少錢？

Was kostet dieses Buch?

How much is this book?

---

4 五歐元。

5 Euro.

5 Euro.

---

5 給我兩本那個（這個）。

Geben Sie mir davon [hiervon] bitte zwei.

Give me two of those (these).

6 Bundeshaus離這兒幾站？

Wieviele Haltestellen sind es bis zum Bundeshaus?

How many stops away is the Bundeshaus?

補充句，你還可以這樣說！

 MP3-03

★幾瓶威士忌…？ / Wieviele Flaschen Whisky....?
/ How many bottles of whisky… ?

★幾隻錶……？ / Wieviele Uhren......? / How many watches......?

★三瓶香水/ drei Flaschen Parfüm. / three bottles of perfume.

★一打這些(那些)… / davon[hiervon] ein Dutzend.
/ a dozen of these.

★一磅這些(那些)… / ein Pfund davon[hiervon] . / a pound of these.

★兩箱香煙 / zwei Schachteln Zigaretten.
/ two cartons of cigarettes.

2 年‧月‧日
Tage, Monate und Jahre
Days, Months, and Years

 重要用語

 MP3-04

中文	德文	英文
週	die Woche	week
星期天	der Sonntag	Sunday
星期一	der Montag	Monday
星期二	der Dienstag	Tuesday
星期三	der Mittwoch	Wednesday
星期四	der Donnerstag	Thursday
星期五	der Freitag	Friday
星期六	der Sonnabend [西部、南部則說] der Samstag	Saturday
月	der Monat	month
1 月	der Januar	January

2 月	der Februar	February
3 月	der März	March
4 月	der April	April
5 月	der Mai	May
6 月	der Juni	June
7 月	der Juli	July
8 月	der August	August
9 月	der September	September
10 月	der Oktober	October
11 月	der November	November
12 月	der Dezember	December
1 月 1 日	der erste Januar	January the first
1965 年	neunzehnhundert-fünfundsechzig	nineteen sixty-five
日	der Tag	day
今天	heute	today
昨天	gestern	yesterday

明天	morgen	tomorrow
前天	vorgestern	the day before yesterday
後天	übermorgen	the day after tomorrow
每天	jeden Tag	every day
兩三天後	in ein paar Tagen	in a few days
他日	ein andermal	some other day
本週	diese Woche	this week
上週	letzte Woche, vorige Woche	last week
下週	nächste Woche	next week
每週	jede Woche	every week
本月	diesen Monat	this month
上個月	letzten Monat	last month
年	das Jahr	year
今年	dieses Jahr	this year
季節	die Jahreszeit	season
春	der Frühling	spring

I

夏	der Sommer	summer
秋	der Herbst	autumn, fall
冬	der Winter	winter
何時	Wann...?	When...?
多少天	Wieviele Tage?	How many days?
最近	in letzter Zeit	these days
很久以前	früher	long ago
學年	das Schuljahr	school year

實用會話　　　 MP3-05

I

1 今天是星期幾？

Welcher Tag ist heute?

What day is today?

2 今天是星期一。

Heute ist Montag.

It is Monday.

3 今天是幾月幾日？

Welches Datum haben wir heute?

What date is today?

4 今天是四月五日。

Heute ist der fünfte April.

It is April the fifth.

5 我昨天抵達這裏。

Ich bin gestern hier angekommen.

I arrived here yesterday.

6 你何時將離開？

Wann fahren Sie ab?

When are you leaving ?

7 我兩、三天後離開。

Ich fahre in ein paar Tagen ab.

I'm leaving in a few days.

8 我將在這裏再停留幾週。

Ich bleibe noch ein paar Wochen hier.

I'll stay here another few weeks.

9 我要在波昂多停留一些時候。

Ich möchte noch etwas länger in Bonn bleiben.

I want to stay in Bonn a little longer.

10 我已經到歐洲好幾個月了。

Ich bin schon seit ein paar Monaten in Europa.

I've been in Europe for a few months.

11 我明天可以見你嗎？

Können wir uns morgen irgendwo treffen?

May I see you tomorrow?

12 隨時打電話給我。

Rufen Sie mich bitte jederzeit an.

Call me at any time.

補充句，你還可以這樣說！  MP3-06

....

★ 星期天 / Sonntag / Sunday

★ 7月4日/ der vierte Juli / July the fourth

★ 在星期一 / Montag / on Monday

★ 出發前往德國 / fahren Sie nach Deutschland ab
/ starting for Germany

★ 明天 / morgen / tomorrow

★ 下星期 / nächste Woche / next week

★ 再五天 / noch fünf Tage / five more days

★ 三個星期以前 / vor drei Wochen / three weeks ago

★ 今天/ heute / today

★ 今天下午 / heute nachmittag / this afternoon

★ 每天早晨 / jeden Morgen / every morning

★ 每天晚上 / jeden Abend / every evening

3 時間
Die Zeit
Time

重要用語

 MP3-07

中文	德文	英文
1 秒	eine Sekunde	one second
30 秒	dreißig Sekunden	thirty seconds
1 分	eine Minute	one minute
2 分	zwei Minuten	two minutes
15 分	fünfzehn Minuten, eine Viertelstunde	fifteen minutes, a quarter of an hour
30 分；半小時	dreißig Minuten, eine halbe Stunde	thirty minutes; half an hour
一小時	eine Stunde	one hour
兩小時	zwei Stunden	two hours
一點鐘	ein Uhr	one o'clock
兩點鐘	zwei Uhr	two o'clock

十二點鐘	zwölf Uhr	twelve o'clock
兩點五分	fünf nach zwei, vierzehn Uhr fünf	five past two two five
兩點十五分	Viertel nach zwei, vierzehn Uhr fünfzehn	a quarter past two; two fifteen
兩點半； 兩點三十分	halb drei, zwei Uhr dreißig	half past two; two thirty
差一刻三點； 兩點四十五分	Viertel vor drei vierzehn Uhr fünfundvierzig	a quarter to three two forty-five
三點差五分； 二點五十五分	fünf vor drei, vierzehn Uhr fünfundfünfzig	five to three, two fifty-five
早上	der Morgen	morning
中午	der Mittag	noon
午後	der Nachmittag	afternoon
晚上	der Abend	evening
夜晚	die Nacht	night
在早上	heute morgen	this morning
在下午	heute nachmittag	this afternoon
今晚	heute abend	this evening

今夜	heute nacht, heute abend	tonight
早上五點	5 Uhr morgens	5 in the morning; 5 a.m.
下午五點	5 Uhr nachmittags; 17 Uhr	5 in the afternoon; 5 p.m.
差…五點	...vor 5	...to 5
現在	jetzt	now
立刻	jetzt gleich, sofort	right away, at once
不久	bald, gleich	soon, shortly
稍後	nachher, später	later
兩三分鐘後	in ein paar Minuten	in a few minutes
早的	früh	early
遲的	spät	late
時常	oft	often
有時候	manchmal	sometimes
總是	immer	always
剛剛	gerade, genau	just

錶	die Armbanduhr	watch
鐘	die Uhr	clock
鈴；鐘	die Klingel	bell
蜂音器	der Summer	buzzer

實用會話

1 現在幾點鐘？

Wie spät ist es?

What time is it?

2 正好五點。

Es ist genau fünf Uhr.

It's just five.

3 三點十分。

Es ist zehn nach drei.

It's ten past three.

4 現在是下午三點四十分。

Es ist 15.40 Uhr [fünfzehn Uhr vierzig]

It's 3:40 p.m.

5 我的錶慢了。

Meine Uhr geht nach.

My watch is slow.

6 你要在何時打電話？

Um wieviel Uhr möchten Sie geweckt werden?

At what time do you wish to call?

7 我想在七點三十分吃早餐。

Ich möchte um 7.30 Uhr frühstücken.

I want my breakfast at 7:30.

8 搭地下火車到Wannsee要多久？

Wie lange braucht man mit der U-Bahn bis zum Wannsee?

How long does it take to Wannsee by subway?

9 大約要十五分鐘。

Ungefähr fünfzehn Minuten.

It takes about fifteen minutes.

10 你（要搭）的火車在八點十五分從科隆開出。

Sie fahren um 8.15 Uhr [acht Uhr fünfzehn] ab Köln Hauptbahnhof.

Your train leaves Cologne main station at 8:15.

現在幾點？/ Wieviel Uhr ist es? / What's the time?

★ 三點 / drei Uhr / three o'clock

六點左右/ ungefähr sechs Uhr / about six

八點過一會兒 / kurz nach acht / a little after eight

五點半 / halb sechs / half past five

五點四十五分(差一刻六點) / Viertel vor sechs / a quarter to six

上午八點十五分 / 8.15 Uhr [acht Uhr fünfzehn] / 8:15 a.m.

快的 / vor (錶、鐘專用) / fast

慢了一點 / etwas nach (錶、鐘專用) / a little slow

★ 快了五分 / fünf Minuten vor (錶、鐘專用) / five minutes fast

吃你的早餐 / frühstücken / have your breakfast

多少分鐘 / Wieviele Minuten… ? / How many minutes… ?

4 氣候
Das Wetter
Weather

 重要用語

 MP3-10

中文	德文	英文
晴朗的	schön, sonnig	fine; fair
多雲的	bewölkt	cloudy
多風的	windig	windy
多雨的	regnerisch	rainy
雲	die Wolke	cloud
風	der Wind	wind
雨	der Regen	rain
陣雨	der Regenschauer	shower
暴風雨	der Sturm, das Gewitter	storm
閃電	der Blitz	lightning
雷	der Donner	thunder

雪	der Schnee	snow
霧	der Nebel	mist ; fog
涼爽的	kühl	cool
寒冷的	kalt	cold
溫暖的	warm	warm
熱的	heiß	hot
酷熱的	schwül	sultry
溫度	die Temperatur	temperature
攝氏	C [=Celsius]	C [=Centigrade]
華氏	F [=Fahrenheit]	F [=Fahrenheit]
度	Grad	degree

實用會話　　 MP3-11　　I

1 今天天氣怎麼樣？
Wie ist das Wetter heute?
How's the weather today?

2 天氣晴朗。
Es ist schön.
It is fine.

3 好天氣，不是嗎？
Wie gefällt Ihnen das Wetter heute?
Nice day, isn't it?

4 好像要下雨了，不是嗎？
Es sieht nach Regen aus.
Looks like rain, doesn't it?

5 風越來越強。
Es wird windig.
It is getting windy.

6 馬上就要下雨了。

Es wird gleich regnen.

It will rain soon.

7 在我停留慕尼黑期間，天氣惡劣。

In München hatte ich schlechtes Wetter.

The weather was bad during my stay in Munich.

8 過去幾天天氣很好，不是嗎？

Seit einigen Tagen haben wir schönes Wetter.

We've had fine weather for the past several days, haven't we?

9 我希望下點雨。

Hoffentlich regnet es bald [etwas].

I hope it rains a bit.

10 明天天氣預報怎麼說？

Wie ist die Wettervorhersage für morgen?

What's the weather forecast for tomorrow?

11 氣象預報員說明天多雲。

Morgen soll es bewölkt sein.

The weather man says it will be cloudy tomorrow.

12 根據天氣預報，溫度將上升至32°C。

Nach der Wettervorhersage sollen es 32 Grad im Schatten werden.

According to the weather forecast,the thermometer is expected to climb to a temperature of 32 degrees centigrade.

13 波昂下雪不多。

In Bonn schneit es nicht viel.

It doesn't snow much in Bonn.

14 慕尼黑冬天多雪。

In München schneit es im Winter sehr viel.

In Munich we have much snow in winter.

 補充句，你還可以這樣說！　 MP3-12

★ 多雲的 / trübe, bewölkt / cloudy

★ 寒冷的 / kalt / cold

★ 溫暖的 / warm / warm

★ 潮濕的 / feucht / humid

★ 好天氣 / gutes Wetter / good weather

★ 壞天氣 / schlechtes Wetter / bad weather

★ 下雨 / Es regnet. / raining

★ 非常好的天氣 / herrliches Wetter / wonderful day

★ 惱人的天氣 / scheußliches Wetter / miserable day

★ 討厭的天氣 / unfreundliches Wetter / nasty day

★ 多風的天氣 / stürmisches Wetter / windy day

★ 好像要下雪了，不是嗎？ / Es sieht nach Schnee aus, nicht wahr？
/ Looks like snow, doesn't it?

★ 天氣放晴 / Es wird gleich wieder schön. / clear up

★ 天氣很好… / Wir hatten gutes Wetter. / The weather was good.

★ 天氣一直都很暖和，不是嗎？
/ Seit einigen Tagen ist es sehr warm.
/ We've been having warm days, haven't we?

★ 今晚的 / für heute abend / for this evening

★ 下星期天的 / für Sonntag / for next Sunday

★ 報紙說……/ In der Zeitung steht…… / The newspaper says……

★ 電視氣象報告說……
/ Nach dem Wetterbericht im Fernsehen soll es……
/ The TV weather report says……

5 語 言
Sprachen
Languages

I

 重要用語　　　　　　 MP3-13

中文	德文	英文
字	das Wort	word
句子	der Satz	sentence
發音	die Aussprache	pronunciation
外國語言	die Fremdsprache	foreign language
聽	hören	hear
說	sprechen	speak
讀	lesen	read
寫	schreiben	write
瞭解	verstehen	understand
華語	Chinesisch	Chinese
英語	Englisch	English

法語	Französisch	French
德語	Deutsch	German
俄語	Russisch	Russian
日語	Japanisch	Japanese

實用會話　 MP3-14

1 你說英語嗎？

Sprechen Sie Englisch?

Do you speak English?

2 我會說一點兒英語。

Ich spreche etwas English

I speak a little English.

3 我不懂西班牙文。

Spanisch verstehe ich nicht.

I don't understand Spanish.

4 你用德語如何稱呼這個？

Wie heißt das auf Deutsch?

What do you call this in German?

5 我不懂你所說的。

Ich habe Sie leider nicht verstanden.

I don't understand what you are saying.

6 請再說慢一點。

Könnten Sie bitte etwas langsamer sprechen?

Please speak more slowly.

○ ○

7 對不起，請再說一遍好嗎？

Wie bitte?

I beg your pardon?

 補充句，你還可以這樣說！  MP3-15

‧‧ 德語 / Deutsch / German

‧‧ 一點點法語 / etwas Französisch / a little French

‧‧ 我不會讀俄文 / Russisch kann ich nicht lesen.
／ I don't read Russian

‧‧ 他們所宣布的/ die Durchsage / what they are announcing

‧‧ 再清楚一點 / deutlicher / more clearly [distinctly]

‧‧ 請你再說一遍好嗎? 請你重述一下你所說的話好嗎?
／ Würden Sie das noch einmal sagen? Würden Sie bitte noch
einmal wiederholen, was Sie eben gesagt haben?
／ Will you say it again? , Will you repeat what you said?

II

基本會話辭句

Gebräuchliche Redewendungen

Everyday Expressions

1

問 候
Die Begrüßung
Greetings

實用會話

1 哈囉！

Guten Tag!

Hello!

2 早安。

Guten Morgen.

Good morning.

3 你好嗎？——很好，謝謝你。

Wie geht es Ihnen? ——Danke, gut. Und Ihnen?

How are you? ——Fine, thank you.

4 很高興再見到你。

Freut mich, Sie wiederzusehen.

Glad to see you again.

5 再見。

Auf Wiedersehen.

Goodbye.

6 明天見。

Bis morgen.

See you tomorrow.

7 我現在必須告辭了。

Ich muss mich jetzt leider verabschieden.

I must say goodbye now.

8 請代我問候你的父母。

Grüßen Sie bitte Ihre Eltern von mir.

Please give my regards to your parents.

9 好好照顧你自己。（請多保重）

Alles Gute.

Take good care of yourself.

 補充句，你還可以這樣說！ MP3-17

- 午安。 / Guten Tag / Good afternoon.

- 晚安。 / Guten Abend / Good evening.

- 再見。 / Bis gleich. / So long.

- 稍後 / später / later

- 星期一 / Montag / Monday

- 在今晚的宴會上。 / zur Party heute abend. / at the party tonight

- 下週 / nächste Woche / next week

- 我想我現在必須走了。 / Ich glaube, ich muss jetzt gehen / I think I must go now.

- 給……太太 / Ihre Gattin / to Mrs. …

- 給你的兄弟 / Ihre Brüder / to your brothers

- 給……先生 / Herrn… / to Mr. …

2 感謝和道歉之辭句
Dank und Entschuldigung
Expressions of Thanks and Apologies

II

實用會話

MP3-18

1 謝謝你。
Danke. [Danke sehr. Vielen Dank!]
Thank you.

2 謝謝你的好意。
Herzlichen Dank für Ihre freundliche Hilfe.
Thank you for your kindness.

3 那裏，那裏。
Nichts zu danken.
Not at all.

4 我很高興幫助你。
Es freut mich, dass ich Ihnen helfen konnte.
I was glad to help you.

5 我很抱歉。（對不起。）

Verzeihung. [Entschuldigung.]

I'm sorry.

6 沒關係。

Keine Ursache.

That's all right.

7 請原諒我。

Verzeihen Sie mir bitte.

Please forgive me.

8 不用擔心。

Das macht nichts.

Don't worry.

9 微不足道。

Das stört mich gar nicht.

Think nothing of it.

10 不要掛在心上。

Machen Sie sich deswegen nur keine Gedanken!

Don't give it a thought.

基本會話辭句

補充句，你還可以這樣說！  MP3-19

II

★ (為)你的幫助 / für Ihre freundliche Unterstützung [Mitarbeit] / for your help [cooperation]

★ (為)你的費心 / für all Ihre Mühe / for your trouble

★ 不用客氣 / Gern geschehen. / You're welcome. [Don't mention it.]

★ 我非常抱歉 / Entschuldigen Sie / I'm very sorry

★ 為我的錯誤 / mein Versehen / for my mistake

★ 為我的缺點 / meinen Fehler / for my fault

★ 好的 / Schon in Ordnung. / That's O.K. (Okay)

3

約會
Die Verabredung
Appointments

 實用會話

 MP3-20

1 我希望明天見你。

Könnten wir uns morgen irgendwo treffen?

I'd like to see you tomorrow.

2 這個星期天我可以見你嗎？

Könnten wir uns am Sonntag treffen?

May I see you this Sunday?

3 你什麼時候有空？

Wann haben Sie Zeit?

When will you be free?

4 今天下午我可以到你的辦公室來嗎？

Könnte ich heute nachmittag zu Ihnen ins Büro kommen?

May I come to your office this afternoon?

II

5 你能在今天下午三點以前打電話到我住的旅館來嗎？

Könnten Sie mich bitte heute nachmittag bis 3 im Hotel anrufen?

Could you call me at my hotel before 3 this afternoon?

6 我該在什麼時間來？

Um wieviel Uhr soll ich kommen?

What time shall I come?

7 任何時間都可以（對我都適合）。

Das ist mir gleich. [Mir ist jede Zeit recht.]

Any time will suit me.

8 請在四點到我住的旅館來。

Kommen Sie bitte um 4 ins Hotel.

Please come to my hotel at 4.

9 我兩點將在我的辦公室裏等你。

Ich erwarte Sie um 2 bei mir im Büro.

I'll be waiting for you in my office at 2.

10 我很抱歉那天我已有一個約會在先。

Leider habe ich für den Tag schon etwas vor.

I'm sorry I have a previous appointment for that day.

11 十五日我不方便。

Am 15. habe ich leider keine Zeit.

I'm not available on the 15th.

12 我可以另外提個時間嗎？

Darf ich Ihnen eine andere Zeit vorschlagen?

May I suggest another time?

13 星期五對我來說最方便不過了。

Am Freitag passt es mir am besten.

Friday will be most convenient for me.

14 我們在哪裏見面？

Wo treffen wir uns?

Where shall we meet?

15 我們在市政廳前見面吧!

Treffen wir uns vor dem Rathaus!

Let's meet in front of the City Hall!

16 不要遲到。

Kommen Sie bitte nicht zu spät.

Don't be late.

17 即使我稍遲一些也請等我。

Warten Sie bitte auf mich, auch wenn ich mich etwas verspäten sollte.

Please wait for me even if I'm a little late.

18 真對不起，我遲到了。

Entschuldigen Sie bitte, dass ich mich verspätet habe.

I'm sorry to be late.

19 抱歉讓你久等了。

Entschuldigen Sie bitte, dass ich Sie habe warten lassen!

Sorry to have kept you waiting.

 補充句，你還可以這樣說！  MP3-21

★ 今晚 / heute abend / this evening

★ 儘可能的快 / so bald wie möglich / as soon as possible

★ 明天早上某時候 / morgen im Laufe des Vormittags
/ some time tomorrow morning

★ 我什麼時候能見你？ / Wann können wir uns mal sehen?
/ When can I see you?

★ 在你離開那裡以前 / bevor Sie weggehen / before you leave there

★ 任何一天我都可以。 / Mir ist jeder Tag recht.
　/ Any day will suit me.

˙˙五點到我家來。 / bis 5 bei mir [zu Hause] / to my house by 5

˙˙我將在我(住)的旅館裡，一直等你到六點。
　/ Ich warte bis 6 im Hotel auf Sie.
　/ I'll be waiting for you in my hotel till 6.

˙˙那個時間 / [...ich] da [schon...] / for that time

˙˙在星期天 / Am Sonntag / on Sunday

˙˙另外一天 / einen anderen Tag / another day

˙˙明天晚上~ / Morgen abend ~ / Tomorrow evening ~

˙˙我要在哪裡等你? / Wo soll ich auf Sie warten?
　/ Where shall I wait for you?

˙˙在伊甸旅館的休息室
　/ im Eden-Hotel unten am Empfang [im Aufenthaltsraum]
　/ at the lobby of the Eden Hotel

˙˙在席勒戲院的入口處 / am Schiller-Theater
　/ at the entrance to the Schiller Theater

˙˙不要來得太早。 / Kommen Sie nicht zu früh! / Don't be too early.

4

介 紹
Die Vorstellung
Introductions

II

 實用會話

 MP3-22

1 湯瑪斯先生，讓我將你介紹給Braun太太吧!

Herr Thomas, darf ich Sie mit Frau Braun bekannt machen?

Mr. Thomas, let me introduce you to Mrs. Braun.

2 Braun太太，這是湯瑪斯先生。

Das ist Herr Thomas, Frau Braun.

Mrs. Braun, this is Mr. Thomas.

3 鄭先生是一家大公司的常務董事。

Herr Cheng ist Geschäftsführer bei einer großen Firma.

Mr. Cheng is the managing-director of a large firm.

4 容我自我介紹。我姓蔣。

Darf ich mich vorstellen? Mein Name ist Chiang.

Permit me to introduce myself. My name is Chiang.

5 我叫Meier，幸會!幸會!

Meier. Sehr erfreut.

My name is Meier. How do you do?

6 很高興見到你。

Es freut mich, Sie kennenzulernen.

I'm glad to meet you.

7 能見到你真好。

Ich habe mich gefreut, Sie kennenzulernen.

It was nice meeting you.

8 希望他日(日後)能再見到你。

Hoffentlich sehen wir uns bald mal wieder.

I hope to see you again sometime.

補充句，你還可以這樣說！ 　MP3-23

II

★我把你介紹給佛蘭克先生吧!
/ Darf ich Sie Herrn Frank vorstellen?
/ Let me introduce you to Mister Frank.

★這是我兄弟。 / Das ist mein Bruder. / This is my brother.

★這是我的朋友湯瑪斯先生。
/ Das ist Herr Thomas, ein Bekannter von mir.
/ This is my good friend Mr. Thomas.

★我的太太 / meine Frau / my wife

★我的導遊 / mein Begleiter / my guide

★日本歷史的老師 / unterrichtet japanische Geschichte
/ teaches Japanese history

★我很高興(很榮幸)認識你。
/ Es freut mich sehr, Sie kennenzulernen.
/ I'm happy to know you. ; It's a pleasure to meet you.

III

旅　行

Auf Reisen

Traveling

1 入 境 (進入外國國境)
An der Grenze
Entering a Foreign Country

 重要用語

 MP3-24

III

中文	德文	英文
旅行目的	der Zweck der Reise	purpose of visit
入境卡； (登岸卡)	die Meldekarte	disembarkation card
護照	der Pass, der Reisepass	passport
護照審查	die Passkontrolle	passport control
健康證明書	das Gesundheitszeugnis	health certificate
檢疫	die Gesundheitskontrolle	health control
注射證明書	der Impfschein, das Impfzeugnis	inoculation certificate
海關	das Zollamt	custom house
關稅申報表	die Zollerklärung	customs declaration

 實用會話

 MP3-25

1 在哪裡審查護照？

Wo ist die Passkontrolle?

Where is the passport control?

2 請填寫這張表格。

Füllen Sie bitte dieses Formular aus!

Please fill in this form.

3 請出示你的護照!

Ihren Pass bitte.

Your passport, please?

4 你叫什麼名字？

Wie heißen Sie? [Wie ist Ihr Name bitte?]

What's your name?

5 我叫約翰鄭。

John Cheng.

My name is John Cheng.

6 你來德國的目的是什麼?

Was wollen Sie in Deutschland?

What's the purpose of your trip in Germany?

7 我是來觀光的。

Ich bin Tourist.

I'm traveling for sightseeing.

III

8 我來這兒唸大學。

Ich will in Deutschland studieren.

I'm here to study at a university.

9 你將在德國停留多久?

Wie lange wollen Sie in Deutschland bleiben?

How long are you going to stay in Germany?

10 我預定停留兩個月左右。

Etwa 2 Monate.

I'm staying about 2 months.

11 這些是我的行李。

Das ist mein Gepäck.

This is my baggage.

12 你有（任何）東西要申報（關稅）嗎？

Haben Sie etwas zu verzollen?

Do you have anything to declare?

13 我沒有要申報（關稅）的東西。

Ich habe nichts zu verzollen.

I have nothing to declare.

14 我有一些要贈送給朋友的禮物。

Ich habe ein paar Geschenke mitgebracht.

I have some gifts for friends.

15 所有這些東西都是我私人用的。

Das ist alles für meinen persönlichen Bedarf.

All these are for my personal use.

16 我現在可以闔上皮箱了嗎？

Kann ich die Koffer jetzt zumachen?

May I close the bags now?

補充句，你還可以這樣說！　 MP3-26

III

海關/ das Zollamt / the custom house

檢疫所 / die Quarantänestation / the quarantine

在這張入境卡上 / diese Meldekarte aus
/ in this disembarkation card

在這張行李申報表上 / diese Zollerklärung aus
/ in this baggage declaration form

你的健康證明書 / Ihr Gesundheitszeugnis / your health certificate

你叫什麼名字? / Wie heißen Sie mit Vornamen?
/ What is your first name?

你的國籍是什麼? / Welche Staatsangehörigkeit haben Sie?
[Wo sind Sie geboren?]
/ What is your nationality ?

我為生意而旅行 / Ich bin auf einer Geschäftsreise.
/ I'm traveling for business.

我來這兒參加一項國際性的會議
/ Ich will an einem Kongress teilnehmen.
/ I'm here to attend an international conference.

十五天 / 15 Tage / for 15 days

僅兩晚(夜) / Nur zwei Nächte / only two overnights

★ 給我業務上的同僚 / für Geschäftsfreunde mitgebracht
/ for my business associates

★ 為我的主人 / für meine Gastgeber / for my hosts

★ 這些珠寶我必須付稅嗎?
/ Muss ich für den Schmuck Zoll bezahlen?
/ Do I have to pay duty on these jewels?

2

問　路
Nach dem Weg fragen
Asking the Way

 重要用語

 MP3-27

III

中文	德文	英文
街道	die Straße	street
道路	der Weg	way
大道 (街)	die Hauptstraße	main street
公路	die Autostraße	highway
徵稅道路	gebührenpflichtige Autostraße	toll road
高速公路；快車道	die Autobahn, die Stadtautobahn	speedway
林蔭街道	die Allee	tree-lined street
單行道	die Einbahnstraße	one-way street
人行道	der Bürgersteig	sidewalk (pavement)
角落	die Ecke, die Straßenecke	corner

交叉點	die Kreuzung, die Straßenkreuzung	intersection
行人穿越道	der Zebrastreifen	pedestrians crossing
鐵路交叉點	der Bahnübergang	railroad crossing
分叉路	die Weggabelung	forked road
地下之通路；地道	der Straßentunnel	underpass
電車	die Straßenbahn	streetcar
地下道	die Unterführung	underground pass
右邊	rechts, auf der rechten Seite	right-hand side
左邊	links, auf der linken Seite	left-hand side
在這邊	auf dieser Straßenseite, auf dieser Seite	on this side
在對面那邊	auf der gegenüberliegenden Seite	on the opposite side
交通信號 (燈)	die Verkehrsampel	traffic lights
路標	das Straßenschild	road sign
交通標誌	das Verkehrszeichen	traffic sign
地址	die Adresse	address

房屋號碼	die Hausnummer	house number
在附近地區	in der Nähe	in the neighborhood
地圖	die Karte, die Landkarte	map
城市街道地圖	der Stadtplan	map of the city
市政廳	das Rathaus	City Hall
郵局	das Postamt, die Post	post office
郵筒；信箱	der Briefkasten	mail box
電話亭	die Telefonzelle	telephone booth (telephone kiosk)
火車站	der Bahnhof	railroad station
廣場	der Platz	square
電車站	die Straßenbahnhaltestelle	streetcar stop
巴士站	die Bushaltestelle	bus stop
橋	die Brücke	bridge
建築物	das Gebäude	building
警察局	die Polizei	police station
警察	der Polizist	policeman

III

 實用會話

 MP3-28

1 對不起。你能告訴我到公園旅館的路嗎？

Verzeihung, könnten Sie mir bitte sagen, wie ich zum Parkhotel komme?

Excuse me. Can you tell me the way to the Park Hotel?

2 我如何才能到達歌德博物館？

Wie komme ich zum Goethe-Museum?

How can I go to the Goethe Museum?

3 我能從這兒走到古堡嗎？

Kann man von hier bis zum Schloss laufen?

Can I walk to the castle from here?

4 到席勒戲院有多遠？

Wie weit ist es von hier bis zum Schiller-Theater?

How far is it to the Schiller Theater?

5 這些街道哪條通往Lenbachplatz?

Verzeihung, komme ich hier zum Lenbachplatz?

Which of these streets goes to Lenbachplatz?

6 到St. Michaeliskirche最近的路是哪一條？

Könnten Sie mir bitte den kürzesten Weg zur
Michaeliskirche zeigen?

Which is the shortest way to St. Michaeliskirche?

7 最近的地下火車站在哪裏？

Wo ist die nächste U-Bahn-Station?

Where's the nearest subway station?

8 我在哪裏可以找到公共電話？

Kann man hier irgendwo telefonieren?

Where can I find a public telephone?

9 請你畫一張地圖給我好嗎？

Würden Sie mir das bitte aufzeichnen?

Would you draw me a map?

10 走這條街。

Gehen Sie diese Straße entlang.

Take this street.

11 一直往前走到交通信號燈的地方。

Gehen Sie geradeaus bis zur nächsten Ampel.

Go straight until you come to the traffic lights.

12 在下一個轉角向右轉。

Biegen Sie an der nächsten Straßenecke rechts ein.

Turn right at the next corner.

13 越過街道。

Gehen Sie über die Straße.

Cross the street.

14 你可在你的右邊找到百貨公司。

Das Kaufhaus liegt auf der rechten Straßenseite.

You'll find the department store on your right.

15 你走過頭了。（你要找的地方已經過了。）

Sie sind schon zu weit gegangen.

You've come too far.

16 你最好詢問那兒的警察。

Fragen Sie lieber den Polizisten dort.

You'd better ask the policeman there.

17 我自己在這兒也是個陌生人。

Ich bin hier auch fremd.

I'm a stranger here myself.

補充句，你還可以這樣說！

到 Nord Bahnhof / zum Nordbahnhof / to the Nord Bahnhof

到最近的地下火車站 / zur nächsten U-Bahn-Station
/ to the nearest subway station

到大學 / zur Universität / to the University

到動物園 / zum Zoo / to the Zoo

到Bonner Munster / zum Bonner Münster / to Bonner Munster

到萊茵河橋 / zur Rheinbrücke / to Rhine Bridge

到藝術之家 / zum Haus der Kunst / to the House of Art

最近的郵筒 / der nächste Briefkasten / the nearest mail box

最近的藥房 / die nächste Apotheke / the nearest pharmacy

文具店 / ein Schreibwarengeschäft / a stationer's

寫下住址給我 / die Adresse aufschreiben
/ write the address down for me

直到你走到一個大十字路口 / zur nächsten großen Kreuzung
/ till you get to a big intersection

…第二… / ……übernächsten…… / ……second……

在你的前面 / dann vor Ihnen / in front of you

★ 在那邊的婦人 / die Dame dort drüben / the lady over there

★ 這附近我也不熟 / Ich kenne mich hier auch nicht aus.
/ I don't know this neighborhood either.

3 鐵 路
Die Eisenbahn
Railroad

重要用語

 MP3-30

III

中文	德文	英文
火車站	der Bahnhof, die Station	railroad station (railway station)
售票處	der Fahrkartenschalter, der Schalter	ticket office
售票員	der Schalterbeamte	ticket clerk
自動售票機	der Fahrkartenautomat	automatic ticket vendor
單程車票	die Fahrkarte, die einfache Fahrkarte	one-way ticket (single ticket)
來回車票 雙程車票	die Rückfahrkarte	round-trip ticket (return ticket)
一等	erster Klasse	first class
二等	zweiter Klasse	second class
平快車	der Eilzug	semi-express

快車	der Schnellzug (D-Zug)	express
歐洲國際特別快車	der Transeuropa-Express [TEE]	Transeuropean-express
預訂票	die Platzkarte	reserved seat ticket
月臺票	die Bahnsteigkarte	platform ticket
時刻表	der Fahrplan	schedule
車廂	das Abteil	compartment
座位	der Platz	seat
掛物或裝物之架	die Gepäckablage	rack
舖位票	die Schlafwagenkarte	berth ticket
上舖	oben, das obere Bett	upper berth
下舖	unten, das untere Bett	lower berth
小窗口	die Sperre	wicket
入口	der Eingang	entrance
出口	der Ausgang	exit
月臺	der Bahnsteig	platform

第五號軌道	Gleis 5	Track No.5
乘客	der Fahrgast, der Reisende	passenger
站長	der Bahnhofsvorsteher	station master
車站員工	der Bahnbeamte	station employee
車掌	der Schaffner	conductor (guard)
戴紅帽的人 （腳夫）	der Gepäckträger	redcap
行李	das [Reise] gepäck	baggage
詢問處	die Auskunft	information office(inquiry office)
行李房	die Gepäckaufbewahrung	baggage office
行李票；旅客 行李上之標籤	der Gepäckschein	baggage check
候車室	der Wartesaal	waiting room
客車	der Wagen, der Waggon	passenger car (passenger coach)
臥車	der Schlafwagen	sleeping car
餐車	der Speisewagen	dining car, diner

III

 實用會話

 MP3-31

1 我在哪兒可搭前往漢堡的火車?

Wo fahren die Züge nach Hamburg ab?

Where should I go to take a train for Hamburg?

2 售票處在哪裏？

Wo ist der Fahrkartenschalter?

Where is the ticket office?

3 到Rothenburg單程票兩張。

Bitte zweimal Rothenburg, zweiter Klasse, einfach.

Two second singles, Rothenburg.

4 我想預訂一個十四點二十七分往科隆的火車的座位。

Ich möchte eine Platzkarte für den Zug um 14.27 Uhr nach Köln.

I want to reserve a seat on the 14:27 train for köln.

5 到Baden-Baden的二等車票一張多少錢?

Was kostet eine Fahrkarte zweiter Klasse nach Baden-Baden?

How much is a second-class ticket to Baden-Baden?

6 往柏林的火車幾點開？　—— 它在八點五十五分開。

Um wieviel Uhr fährt der Zug nach Berlin ab?
—— Um 8.55 Uhr.

At what time does the train for Berlin leave? —— It leaves at 8 : 55.

7 往Leipzig的快車，從哪一條軌道開出?

Von welchem Bahnsteig fährt der D-Zug nach Leipzig ab?

From which track does the express for Leipzig leave?

III

8 我要在哪兒等從Dresden來的火車呢?

Wo kommt der Zug aus Dresden an?

Where do I wait for the train from Dresden?

9 這是往Bremen的火車嗎?

Ist das der Zug nach Bremen?

Is this the train for Bremen?

10 我想去Koblenz。我必須換車嗎?

Ich möchte nach Koblenz. Muss ich umsteigen?

I'd like to go to Koblenz. Do I have to change?

11 這列火車在Mainz停車嗎？

Hält dieser Zug in Mainz?

Does this train stop at Mainz?

12 這火車上有餐車嗎？

Gibt es hier einen Speisewagen?

Is there a dining car on this train?

13 對不起，這個座位沒人嗎？

Verzeihung, ist dieser Platz noch frei?

Excuse me, is this seat vacant ?

14 這個座位已有人訂了。

Dieser Platz ist besetzt.

This seat is engaged.

15 我們現在在哪裏？

Wo sind wir jetzt?

Where are we now ?

16 哪裏可以找到車掌(管理員)?

Wo ist der Schaffner?

Where can I find the conductor?

17 我要託運行李。

Ich möchte diesen Koffer aufgeben.

I want to check my baggage.

○ ○

18 請把這個拿到計程車裡。

Bringen Sie bitte dieses Gepäck ans Taxi.

Please take this to a taxi.

III

補充句，你還可以這樣說！  MP3-32

詢問處 / die Auskunft / the information office

行李房 / der Gepäckschalter / the baggage office

二等來回票 / Einmal zweiter Klasse, Rückfahrkarte
/ second class, round trip

到Aachen / nach Aachen / to Aachen

到科隆的臥舖車 / einmal Schlafwagen nach Köln
/ a sleeping car to Köln

一張快車票 / ein Schnellzug-Zuschlag / an express ticket

二十五分鐘 / in 25 Minuten / in 25 minutes

內 / gleich / soon

★ 從哪一軌道 / von welchem Gleis / from which track

★ 我在哪裡換車……? / Wo muss ich umsteigen?
/ Where do I change trains...?

★ 有車可換乘到波昂嗎? / Gibt es einen Anschluss nach Bonn?
/ Is there a connection for Bonn?

★ 在六點往科隆的火車上 / in dem Zug um 6 Uhr nach Köln
/ on the 6:00 train to Köln

★ 這是什麼車站? / Wie heißt diese Station? / What is this station?

★ 男士的洗手間在哪兒? / Wo ist die Herrentoilette?
/ Where is the men's room?

★ 女士的洗手間在哪兒? / Wo ist die Damentoilette?
/ Where is the ladies' room?

★ 到車廂去 / ins Abteil / to the compartment

4 公共汽車、電車、地下鐵路、計程車
Bus, Straßenbahn, U-Bahn, S-Bahn und Taxi
Bus and Other Transportation

 重要用語

 MP3-33

III

中文	德文	英文
巴士	der Bus	bus
電車	die Straßenbahn	streetcar, trolley
市內電車	die S-Bahn	city-railway
地下鐵路	die U-Bahn, die Untergrundbahn	subway, (underground, tube)
計程 (出租) 車	das Taxi	taxi, cab
巴士站	die Bushaltestelle	bus stop
帶環	der Griff	strap
座位	der Sitzplatz	seat
掛物或裝物之架	die Gepäckablage	rack
門	die Tür	door

司機	der Fahrer	driver
車掌	der Schaffner	conductor
車費	das Fahrgeld	fare
計程車費	der Fahrpreis	taxi fare
上車	einsteigen	get on
下車	aussteigen	get off
換車	umsteigen	change

實用會話

 MP3-34

1 我如何才能到達戲院博物館?

Wie komme ich zum Theatermuseum?

How can I get to the Theater Museum?

2 搭十五號的巴士。

Nehmen Sie den 15er Bus.

Take the No. 15 bus.

3 我在哪兒可搭往動物園的巴士?

Wo fahren die Busse zum Zoo ab?

Where can I get a bus to the Zoo?

4 這巴士到游泳的地方嗎?

Fährt dieser Bus zum Schwimmbad?

Does this bus go to the swimming place?

5 到大教堂要在哪兒下車?

Ich möchte zum Dom. Wo muss ich aussteigen?

Where do I get off to go to the Dome?

6 到Köln-Süd的車費多少?

Was kostet es bis Köln-Süd?

How much is the fare to Köln-Süd?

7 請告訴我該在哪兒下車。

Sagen Sie mir bitte Bescheid, wenn ich aussteigen muss.

Please let me know where I must get off.

8 市政廳離這兒幾站?

Wieviele Haltestellen sind es bis zum Rathaus?

How many stops away is the City Hall?

9 在下一站下車。

Steigen Sie an der nächsten Haltestelle aus.

Get off at the next stop.

10 Elisabethplatz離Bergstraße一站。

Elisabethplatz ist die nächste Haltestelle nach Bergstraße.

Elisabethplatz is one stop away from Bergstraße.

11 請開往中央車站。

Zum Hauptbahnhof, bitte.

To Central station, please.

○ ○

12 停！我在這裏下車。

Halten Sie bitte. Ich steige hier aus.

Stop! I'll get out here.

III

○ ○

13 車費多少？

Was bekommen Sie?

What's the fare?

○ ○

14 不用找了。

Den Rest können Sie behalten. / Stimmt so.

Please keep the change.

 玩德國！看完這本就出發，中・德・英對照

補充句，你還可以這樣說！  MP3-35

- 到……應該搭什麼？/ Wie komme ich am besten zum....? / What should I take to go to…?

- 五路的巴士 / die Straßenbahnlinie Nummer 5 / the No. 5 tram

- 地下鐵道 / die U-Bahn / the subway

- 市內電車 / die S-Bahn / the city-railway

- 計程車 / ein Taxi / a taxi

- 市郊線 / die Vorortbahn / the District Line

- 到大學 / zur Universität / to the University

- 到機場 / zum Flughafen / to the airport

- 穿越Talstraße / durch die Talstraße / go through Talstraße

- 到Königsallee / zur Königsallee / to Königsallee

- 換車 / umsteigen / change

- 到…要多久？/ Wie lange fährt man bis...? / How long does it take to...?

- 在第三站 / an der dritten Haltestelle aus / at the third stop

- 離此兩站 / die übernächste Haltestelle / two stops away

★ 經由 Königsstraße / Durch die Königsstraße zum....
/ by way of Königsstraße

★ 通過商店區 / Fahren Sie mich durch das Geschäftsviertel...
/ through the shopping district

★ 停在那戲院的入口處 / Halten Sie bitte dort am Theatereingang.
/ Stop at the entrance to that theater.

★ 行李費多少? / Was bekommen Sie für das Gepäck?
/ What's the charge for the baggage?

III

5 飛　機
Die Flugreise
Air Trip

 重要用語

 MP3-36

中文	德文	英文
飛行	der Flug	flying, flight
航線	die Fluglinie	airline
飛機	das Flugzeug, die Maschine	airplane
噴射機	das Düsenflugzeug	jet plane
機場	der Flughafen, der Flugplatz	airport
空運大樓	das Empfangsgebäude	terminal building
航線詢問臺	der Schalter	airline counter
預訂	die Buchung	reservation
確認	die Bestätigung	confirmation

辦理登記手續	sich am Flughafen zur Abfertigung einfinden, einchecken	check in
手提行李	das Handgepäck	hand baggage
行李重量限制	die Freigepäckgrenze	baggage limit
超重行李	das Übergepäck	excess baggage
機票聯票	der Flugabschnitt	coupon of airplane tickets
出境卡	die Abmeldekarte	embarkation card
機場稅	die Flughafensteuer	airport tax
候機室	die Lounge, die Wartehalle	waiting lounge
飛行班次	die Flugnummer	flight number
單程票	der Flugschein für einen einfachen Flug	single fare ticket
來回票	der Flugschein für Hin- und Rückflug	round trip ticket
滑行道	die Rollbahn	runway
機場工作人員	die Mannschaft	crew
機長	der [Flug] kapitän	captain

III

飛行員	der Pilot	pilot
機上男服務員	der Steward	steward
機上女服務員	die Stewardess	stewardess, air hostess
一等	erster Klasse	first class
經濟艙	die Economy-Klasse	economy class
二等艙； 經濟艙	die Touristenklasse	tourist class
座位號碼	die Platznummer, die Sitznummer	seat number
安全帶	der Sicherheitsgurt	seat belt
躺椅	der Liegesitz	reclining seat
救生衣	die Schwimmweste	life jacket
暈機	luftkrank, die Luftkrankheit	air sickness
起飛	der Start	take-off
降落；著陸	die Landung	landing
迫降	die Notlandung	forced landing
過境旅客	der Transit-Passagier	transit passenger

實用會話

 MP3-37

1 下星期一我想飛往慕尼黑。

Ich möchte nächsten Montag nach München fliegen.

I'd like to fly to Munich next Monday.

2 我能預訂一個明晨往蘇黎世班機座位嗎?

Können Sie mir einen Platz für den Flug morgen früh nach Zürich reservieren?

Can I reserve a seat on the plane leaving tomorrow morning for Zürich?

3 我要確認一下我預訂星期五往台北的法航班機座位。

Ich möchte mir meine Buchung für den Air France-Flug am Freitag nach Taipei bestätigen lassen.

I want to reconfirm my reservation on Air France to Taipei on Friday.

4 我應該在什麼時間到達機場?

Um wieviel Uhr soll ich am Flugplatz sein?

What time should I be at the airport?

5 何時向機場報到?

Wann muss man zur Abfertigung kommen?

When is the reporting time?

6 請在飛機起飛前一個小時到機場。

Kommen Sie bitte eine Stunde vor dem Abflug.

Please come to the airport an hour before the plane starts.

7 到機場有巴士可搭嗎?

Gibt es einen Flughafenbus?

Is there a bus service to the airport?

8 現在正在宣布我要搭乘的飛行班次。

Mein Flug wird gerade angesagt.

My flight is being announced

9 往法蘭克福的飛機晚一小時。

Die Maschine nach Frankfurt hat eine Stunde Verspätung.

The plane for Frankfurt is an hour late.

10 搭往台北德航250班機，我該走哪個門?

Ich will mit dem Lufthansa-Flug Nr. 250 nach Taipei fliegen. Zu welchem Flugsteig muss ich da?

Which gate should I go to for Lufthansa Flight 250 to Taipei?

11 搭乘往香港、東京BA 901班機的所有旅客請前往二號門。

Alle Reisenden für den BA Flug 901 nach Hongkong und Tokio werden gebeten, sich zum Flugsteig 2 zu begeben.

All passengers of BA Flight 901 to Hong Kong and Tokyo are requested to proceed to Gate No. 2.

III

12 七號座位在哪兒?

Wo ist Platz Nummer 7?

Where's Seat No. 7 ?

13 我的號碼是15C，我的座位在哪裡?

Ich habe Nummer 15 C. Wo ist das?

My number is 15 C. Where's my seat?

14 餐食將在機上供應。

Mittag- und Abendessen werden im Flugzeug serviert.

Meals will be served in the plane.

15 空中小姐，我不舒服。給我一些暈機藥。

Fräulein, mir ist nicht gut. Geben Sie mir bitte etwas gegen die Luftkrankheit.

Stewardess, I do not feel well. Bring me some medicine for air sickness.

16 我們將在五分鐘後降落法蘭克福。

In fünf Minuten landen wir in Frankfurt.

We shall land at Frankfurt in five minutes.

17 在飛機完全停止之前請留在座位上。
(請留在座位上直到飛機完全停妥為止。)

Bitte bleiben Sie auf Ihren Plätzen, bis die Maschine endgültig steht.

Please remain in your seats until the aircraft comes to a complete stop.

18 我有足夠時間吃點東西嗎?

Reicht die Zeit, um etwas essen zu gehen?

Do I have enough time to get a bite to eat ?

補充句，你還可以這樣說！  MP3-38

III

....

★ 在十五日 / am 15. [Fünfzehnten] / on the 15th

★ 兩個座位 / zwei Plätze / two seats

★ 在明天早上八點起飛的班機上 / für den Flug morgen um 8 Uhr.
  / on the plane leaving at 8 tomorrow morning

★ 後天往羅馬 / übermorgen nach Rom
  / the day after tomorrow for Rome

★ 何時向機場報到? / Wann müssen wir einchecken?
  / When is the reporting time?

★ 在兩小時之前到達航空站
  / zwei Stunden vorher zum Abfertigungsschalter.
  / to the terminal two hours before

★ 從旅館有…嗎? / Gibt.....vom Hotel.....? / Is.....from the hotel?

★ 往柏林…的飛機 / Die Maschine nach Berlin...
  / The plane for Berlin...

★ 半小時 / eine halbe Stunde / half an hour

★ 早十五分鐘 / landet fünfzehn Minuten früher als vorgesehen
  / fifteen minutes early

★ 搭往東京的日航班機 / mit JAL nach Tokio
  / for the JAL plane to Tokyo.

★ 經由香港飛往東京201次班機
/ Flug 201 nach Tokio über Hongkong
/ Flight 201 to Tokyo via Hong Kong.

★ 請登機 / Alle einsteigen bitte. / All aboard please.

★ 請馬上從二號門上機 / Bitte gehen Sie sofort zum Flugsteig 2.
/ Please embark immediately through gate No.2.

★ 茶和糕點… / Gebäck und Tee / Tea and cakes...

★ 你剛好有中文報紙嗎?
/ Haben Sie vielleicht chinesische Zeitungen?
/ Do you happen to have Chinese newspapers?

★ 頭痛的 / gegen Kopfschmerzen / for a headache

★ 腹痛的 / gegen Magenschmerzen / for a stomach-ache

★ 在到達機場大廈之前請勿抽煙。
/ Bitte rauchen Sie erst wieder im Empfangsgebäude.
/ Please refrain from smoking until you are inside the airport building.

6 船
Das Schiff
Ship

 重要用語

 MP3-39

III

中文	德文	英文
船艙	die Kabine	cabin
床位	die Koje	berth
甲板	das Deck	deck
(輪船等之)大廳	der Salon	saloon
船上的通道	die Gangway	gangway
救生艇	das Rettungsboot	lifeboat
港(口)	der Hafen	port
右舷	Steuerbord	starboard
左舷	Backbord	port
甲板椅	der Liegestuhl	deck chair
船長	der Kapitän	captain

事務長	der Zahlmeister	purser
船員	der Matrose	sailor
服務生	der Steward	steward

 實用會話

 MP3-40

1 往Kiel的汽船從那個碼頭開出？

Von welcher Pier fährt das Schiff nach Kiel ab?

From which pier does the steamer for Kiel sail?

- -

2 哪裡是(人們感覺)搖晃最小的地方?

Wo spürt man den Seegang am wenigsten?

Where does one feel the motion least?

- -

3 我有點暈船。請給我一些藥。

Ich bin seekrank. Geben Sie mir bitte etwas dagegen.

I feel seasick. Please give me a remedy.

- -

4 請把我的行李搬上岸。

Bringen Sie bitte mein Gepäck an Land.

Please bring my luggage ashore.

補充句，你還可以這樣說！  MP3-41

何時……？ / Um wieviel Uhr.....? / At what time…?

搖 / das Stampfen / the pitching

橫搖 / das Schlingern / the rolling

III

船前後左右搖晃得很厲害
/ Das Schiff stampft und schlingert heftig.
/ The ship is pitching and rolling heavily.

玩桌球 / Tischtennis spielen / to play table-tennis

游泳 / schwimmen / to swim

我是一個好[壞，笨拙的]水手。
/ Ich werde nicht [schnell, leicht] seekrank.
/ I'm a good [bad, poor] sailor.

我的旅行箱 / meinen Koffer / my trunk .

IV

購物與金錢

Einkäufe und Geld

Shopping and Money

1 一般用語與詞句
Allgemeine Ausdrücke und Redewendungen
General Terms and Expressions

 重要用語

 MP3-42

中文	德文	英文
購物	die Einkäufe	shopping
商店	das Geschäft	store, shop
珠寶店	das Juweliergeschäft, der Juwelier	jewelry store
鐘錶店	das Uhrengeschäft, der Uhrmacher	watchmaker's
裁縫	der Schneider	tailor
鞋店	das Schuhgeschäft	shoe shop
書店	die Buchhandlung	bookstore
精美小物品店	der Modesalon	fancy goods store
帽店	das Hutgeschäft	hat shop
定價	der Preis	price

IV

便宜的	billig, preiswert	cheap
貴的	teuer	expensive
折扣	Rabatt	discount
零錢	das Wechselgeld	change
收據	die Quittung	receipt
賣	verkaufen	sell
買	kaufen	buy
付錢	zahlen, bezahlen	pay

實用會話　 MP3-43

1 你們賣耳環嗎？

Haben Sie Ohrringe?

Do you sell earrings?

2 我要一條圍巾。

Ich möchte einen Schal.

I want a scarf.

IV

3 請給我看看那條領帶。

Zeigen Sie mir bitte mal die Krawatte.

Please show me that necktie.

4 這個多少錢？

Was kostet das?

How much is this?

5 這個稍微貴了一點。

Das ist mir alles etwas zu teuer.

This is a little too expensive.

6 你們打幾折？

Wieviel Rabatt geben Sie?

How much discount do you give?

7 你們有便宜一點的東西嗎？

Haben Sie nichts Billigeres?

Have you anything cheaper?

8 我喜歡這種樣式。

Diese Art gefällt mir.

I like this type.

9 我想我要這一個。

Geben Sie mir das bitte.

I think I'll take this one.

10 總共多少錢？

Was macht das zusammen?

How much are they in all?

11 你們收旅行支票嗎？

Nehmen Sie Reiseschecks?

Do you accept traveler's checks?

12 我們只用現金交易。

Wir verkaufen nur gegen bar.

We sell only for cash.

13 我給你打百分之十的折扣 (打九折)。

Ich gebe Ihnen zehn Prozent Rabatt.

I'll give you a ten percent discount.

14 請把它包起來。

Packen Sie es bitte ein.

Please wrap it up.

15 你們可以把它送到我住的旅館來嗎？

Können Sie es mir ins Hotel bringen?

Can you deliver it to my hotel?

16 你找錯零錢給我了。

Sie haben mir falsch herausgegeben.

You have given me the wrong change.

 補充句，你還可以這樣說！  MP3-44

☆ 手鐲 / Armbänder / bracelet

☆ 男用襯衫 / Oberhemden / men's shirts

☆ 旅行指南 / Reiseführer / guidebooks for travelers

☆ 一雙鞋子 / ein Paar Schuhe / a pair of shoes

☆ 兩支鋼筆 / zwei Füllfederhalter / two fountain-pens

☆ 一瓶蘇格蘭威士忌 / eine Flasche Scotch Whisky
/ a bottle of Scotch whisky

☆ 幾張圖畫明信片 / ein paar Ansichtskarten / some picture postcards

☆ 櫥櫃裡的金錶 / die goldene Uhr aus dem Schaufenster
/ the gold watch in the showcase

☆ 那頂帽子 / der Hut / this hat

☆ 太昂貴了 / zu ausgefallen / too fancy

★ 太便宜了 / zu billig / too cheap

☆ 你不能算便宜一點嗎？/ Können Sie es nicht billiger machen?
/ Can't you make it cheaper?

☆ 更好的 / Besseres / better

☆ 較大的 / Größeres / bigger

較小的 / Kleineres / smaller

兩個這種的 / zwei hiervon / two of these

美元 / US-Dollar / American dollars

送到這個地址 / dahin [an diese Adresse] / to this address

送到我的船上 / aufs Schiff / to my ship

到台灣 / nach Taiwan schicken / to Taiwan

IV

2 百貨店
Das Kaufhaus
Department Store

 重要用語

 MP3-45

中文	德文	英文
售貨部	die Abteilung	department
櫃台	der Ladentisch, die Theke	counter
陳列櫥櫃	die Vitrine	showcase
店員	der Verkäufer	sales clerk
女店員	die Verkäuferin	salesgirl
電梯	der Fahrstuhl, der Lift	elevator (lift)
電扶梯	die Rolltreppe	escalator
第一樓	das Erdgeschoss	first floor (ground floor)
第二樓	der erste Stock	second floor (first floor)

大減價	der Ausverkauf	bargain sale
帽子	der Hut	hat
無邊帽	die Mütze	cap
一套衣服	der Anzug(男性用) das Kleid(女性用)	suit, dress
褲子	die Hose	pants (trousers)
裙子	der Rock	skirt
外套；大衣	die Jacke, der Mantel	coat
手提箱	der Koffer	suitcase
公事包	die Aktentasche	brief case
禮物	das Geschenk	gift
雪茄	die Zigarre	cigar
香煙	die Zigarette	cigarette
煙草	der Tabak	tobacco
打火機	das Feuerzeug	lighter
香煙盒	das Zigarettenetui	cigarette case

IV

照相機	die Kamera, der Fotoapparat	camera
底片	der Film	film
女裝上衣	die Bluse	blouse
襯衫	das Hemd	shirt
毛線衫；衛生衣	die Strickjacke, die Wolljacke	sweater
手提包	die Handtasche	handbag
雨傘	der Schirm, der Regenschirm	umbrella
鞋子	die Schuhe	shoes
短襪	die Socken	socks
長襪	die Strümpfe	stockings
手套	die Handschuhe	gloves
手帕	das Taschentuch	handkerchief
耳環	die Ohrringe	earrings
項鍊	die Kette	necklace
香水	das Parfüm	perfume

胸針	die Brosche	brooch
領帶	die Krawatte, der Schlips	necktie
領帶夾	die Krawattennadel	tie clip
袖扣	die Manschettenknöpfe	cuff links
錶	die Armbanduhr	watch

IV

 實用會話

 MP3-46

1 我能為你效勞嗎？

Was darf es sein?

May I help you?

2 玩具部在哪兒？

Wo ist die Spielwarenabteilung?

Where is the toy department?

3 在哪裡我能找到照相機的附件？

Wo gibt es Kamerazubehör?

Where can I find the accessories of camera?

4 我在找一支煙斗。

Ich möchte eine Pfeife [Tabakspfeife].

I'm looking for a tobacco pipe.

5 你在二樓可以找到它們。

Pfeifen gibt es im zweiten Stock.

You can find them on the second floor.

6 請往這邊走。

Kommen Sie bitte?

Come this way, please.

○ ○

7 右腳的鞋子不適合。

Der rechte Schuh passt nicht.

The right shoe does not fit.

○ ○

8 我可以試穿嗎？

Kann ich mal anprobieren?

May I try it on?

IV

○ ○

9 我想要一些可以使我想起在德國停留時的東西。

Ich hätte gerne ein Andenken an meinen Aufenthalt in Deutschland.

I want something that will remind me of my stay in Germany.

補充句，你還可以這樣說！

 MP3-47

有人侍候你嗎？/ Werden Sie schon bedient? / Are you waited on?

電梯 / der Fahrstuhl / the elevator

皮革製品 / Lederwaren / leather goods

一些打火機 / ein paar Feuerzeuge / some cigarette lighters

在你的右邊 / dort rechts / to your right

在那邊 / dort drüben / over there

請隨我來。 / Kommen Sie bitte mit? / Please follow me.

太長了 / ist zu groß / is too large

太緊了 / ist zu eng / is too tight.

3 銀 行
Die Bank
Bank

重要用語

 MP3-48

中文	德文	英文
金錢	das Geld	money
紙幣；鈔票	der Geldschein, der Schein	bill (note)
硬幣；貨幣	das Geldstück, die Münze	coin
歐元	Euro	Euro
元	der Dollar	dollar
窗 (口)	der Schalter	window
出納員	der Kassierer	teller
銀行職員	der Bankbeamte	bank clerk
支票	der Scheck	check
旅行支票	der Reisescheck, der Travelerscheck	traveler's check

IV

信用狀	der Kreditbrief	letter of credit
換算率	der Umrechnungskurs	conversion rate
金錢兌換	der Geldwechsel	money exchange
簽名	die Unterschrift	signature

實用會話

 MP3-49

1 這附近有銀行嗎？

Ist hier in der Nähe eine Bank?

Is there a bank near here?

2 銀行何時開門？

Um wieviel Uhr macht die Bank auf?

What time does the bank open?

IV

3 在哪裡可以把旅行支票兌換成現金？

Wo kann man Reiseschecks einlösen?

Where can I cash a travel er's check?

4 請在支票背面簽名好嗎？

Würden Sie bitte diesen Scheck unterschreiben?

Will you endorse the check , please?

5 你希望把支票換成怎麼樣的現鈔？

Wie möchten Sie Ihre Schecks eingelöst haben?

How do you wish to cash your checks?

6 這是我的身份證。

Hier ist mein Ausweis.

Here's my identification card.

7 現在的兌換率是多少？

Wie ist der Kurs heute?

What is the present rate of exchange?

8 這值多少？

Wieviel bekommt man dafür?

How much is it worth?

9 我想你的計算有錯誤！

Ich glaube, Sie haben sich verrechnet.

I think there is a mistake in your calculations.

10 我想把這紙幣換成零錢！

Könnten Sie mir für diesen Schein bitte etwas Kleingeld geben?

I want to break this bill.

補充句，你還可以這樣說！

MP3-50

★ 兌換貨幣的人 / eine Wechselstube / a money changer

★ 何時…打烊 / Um wieviel Uhr....zu? / What time ....close?

★ 把你的名字簽在這兒 / hier unterschreiben / sign your name here

★ 你能為我將這些旅行支票換成現金嗎？
/ Können Sie mir diese Reiseschecks einlösen?
/ Can you cash these traveler's checks for me?

IV

★ 護照 / Pass / passport

★ 你能將五歐元換成硬幣嗎？
/ Können Sie mir bitte 5 Euro wechseln? / Can you break 5 Euro?

V

旅館和觀光

Hotel und Sehenswürdigkeiten

Hotel and Sightseeing

1 旅　館
Das Hotel
Hotel

 重要用語　 MP3-51

中文	德文	英文
旅館	das Hotel	hotel
客棧	der Gasthof, das Gasthaus	inn, tavern
接待櫃檯	der Empfang	reception desk
詢問臺	die Auskunft	information desk
出納員	der Kassierer	cashier
單人房	das Einzelzimmer	single room
雙人房	das Doppelzimmer	double room
第一樓	das Erdgeschoss, das Parterre	first floor (ground floor)
第二樓	der erste Stock	second floor (first floor)
樓梯	die Treppe	stairs

衣帽間；寄物處	die Garderobe	cloak room
休息室	die Empfangshalle, der Aufenthaltsraum	lobby
大廳	der Saal	hall
餐廳	der Speisesaal	dining hall
酒吧間	die Bar	bar
窗簾	der Vorhang	curtain
暖氣爐；放熱器	der Heizkörper	radiator
衣櫃（櫥）	der Kleiderschrank	wardrobe
衣架	der Kleiderbügel	hanger
桌；枱	der Tisch	table
桌子	der Schreibtisch	desk
電話	das Telefon	telephone
電梯	der Aufzug, der Lift, der Fahrstuhl	elevator
單人床	das Einzelbett	single bed
雙人床	das Doppelbett	double bed

被單	das Betttuch, das Laken	sheet
枕頭	das Kopfkissen	pillow
毛毯	die Wolldecke	blanket
鑰匙	der Schlüssel	key
浴室	das Bad [Badezimmer]	bathroom
盥洗室	die Toilette	toilet
浴室；浴具	die Badewanne	bath
淋浴	die Dusche, die Brause	shower
鏡子	der Spiegel	mirror
肥皂	die Seife	soap
毛巾	das Handtuch	towel
地毯	der Teppich	carpet
沙發	das Sofa	sofa
椅子	der Stuhl	chair
化粧檯	der Toilettentisch	dressing table

V

梳子	der Kamm	comb
枱燈	die Tischlampe	desk lamp
煙灰缸	der Aschenbecher	ashtray
水壺	die Karaffe	pitcher
廢紙簍	der Papierkorb	wastebasket
呼喚鈕	die Klingel	call button
火警器	der Feuermelder	fire alarm
貴重物品	die Wertsachen	valuables
旅館旅客登記簿	das Gästeverzeichnis, das Anmeldeformular	hotel register
旅館住宿費	der Übernachtungspreis	hotel charge
帳單書	die Rechnung	bill
服務費	die Bedienung	service charge
小費	das Trinkgeld	tip
稅金	die Steuer	tax
經理	der Geschäftsführer	manager
會計員；主計	der Buchhalter	accountant

侍者領班	der Oberkellner	head waiter
侍者	der Kellner, der Ober	waiter
旅館大廳的服務生	der Page, der Hoteldiener	bellboy, page
清理臥室之女服務生	das Zimmermädchen	chambermaid
洗衣房 (店)	die Wäscherei	laundry

V

1 你們有單人房嗎？

Haben Sie ein Einzelzimmer frei?

Do you have a single room?

2 旅行社代我訂了一個房間。

Ich habe ein Zimmer über das Reisebüro bestellt.

I reserved a room through my travel agent.

3 你預定停留多久？

Wie lange bleiben Sie?

How long are you staying?

4 我預定停留兩晚。

Ich bleibe zwei Nächte.

I'm staying two nights.

5 我要一個安靜的房間。

Ich möchte ein ruhiges Zimmer.

I want a quiet room.

6 房間每天的價錢是多少？

Was kostet eine Übernachtung?

What's the price of a room per day?

7 太貴了。你們有沒有較便宜的房間？

Das ist mir zu teuer. Haben Sie ein billigeres Zimmer?

It is too expensive. Don't you have any cheaper room?

8 這費用包括早餐、服務費等等嗎?

Sind Frühstück, Bedienung und so weiter im Preis inbegriffen?

Does the charge include breakfast and service charge or so?

V

9 請在這裡寫下你的名字和地址。

Bitte tragen Sie hier Ihren Namen und Ihre Adresse ein.

Please write down your name and address here.

10 請將我的行李送到我房間來。

Lassen Sie bitte das Gepäck auf mein Zimmer bringen.

Have the baggage brought up to my room, please.

11 這是你的鑰匙。這門可以自動上鎖。

Hier ist Ihr Schlüssel. Die Tür schließt von selbst.

Here is your key. The door locks by itself.

12 浴室在哪裡?

Wo ist das Bad?

Where is the bathroom?

13 請派一位服務生來。

Schicken Sie mir bitte den Pagen.

Please send up a bellboy.

14 請再送一條毛毯子到我的房間裡來。

Lassen Sie mir bitte noch eine Decke aufs Zimmer bringen.

Please send another blanket to my room.

15 請把這些東西送到洗衣店。

Schicken Sie diese Sachen bitte in die Wäscherei.

Send these things to the laundry.

16 請在六點打電話給我。

Wecken Sie mich bitte um 6 Uhr.

Please call me at 6 o'clock.

17 我現在要出去了。六點會回來。

Ich gehe jetzt weg. Um 6 Uhr bin ich wieder zurück.

I'm going out now. I'll be back by 6.

18 有我的信件嗎?

Ist Post für mich da?

Is there any mail for me?

19 我要結帳。把帳單給我。

Ich reise ab. Geben Sie mir bitte die Rechnung.

I'm checking out . Give me my bill.

V

20 這筆錢包括服務費在內嗎?

Ist das einschließlich Bedienung?

Does this sum include the service charge?

21 請將我的信件轉寄到這個地址。

Schicken Sie mir meine Post bitte an diese Adresse nach.

Please forward my mail to this address.

22 我可以把行李留在這裡到星期天嗎?

Kann ich mein Gepäck bis Sonntag hier lassen?

May I leave my baggage here until Sunday?

補充句，你還可以這樣說！

MP3-53

★ 雙人房 / ein Doppelzimmer / a double room

★ 有浴室的房間 / ein Zimmer mit Bad / a room with a bath

★ 多少天? / Wieviele Tage...? / How many days...?

★ 直到後天 / bis übermorgen / till the day after tomorrow

★ 僅一晚 / nur eine Nacht / only one night

★ 直到星期一 / bis Montag / till Monday

★ 一週 / eine Woche / one week

★ 靠近樓梯的房間 / ein Zimmer in der Nähe der Treppe
  / a room near the stairs

★ 給我們兩個人 / ...für uns beide zusammen / for us two

★ 這費用包括早餐和晚餐嗎?
  / Sind Frühstück und Abendessen im Preis einbegriffen?
  / Does the charge include breakfast and supper?

★ 你的下一個目的地 / Ihr nächstes Reiseziel / your next destination

★ 盥洗室 / die Toilette / the lavatory

★ 電氣開關 / der Lichtschalter / the electric switch

★ 淋浴室 / der Duschraum / the shower room

★ 女服務生 / das Zimmermädchen / a maid

★ 一些信紙 / etwas Briefpapier / some writing paper

★ 一些信封 / ein paar Briefumschläge / some envelopes

★ 我要我的飯送到我的房間來。
/ Bringen Sie mir mein Essen bitte aufs Zimmer.
/ I want my meals brought to my room.

★ 當Meier先生回來時，將…交給他。
/ Geben Sie das bitte Herrn Meier, wenn er zurückkommt.
/ Hand...to Mr. Meier when he comes back.

★ 有任何包裹嗎? / Sind Pakete da? / Are there any parcels...?

V

★ 我要在九點結帳。請準備我的帳單。
/ Ich reise um 9 Uhr ab. Machen Sie bitte meine Rechnung fertig.
/ I'm checking out at 9 o'clock. Please prepare my bill.

★ 直到下一週 / bis nächste Woche / until next week

2 旅 行 社
Das Reisebüro
Travel Agent

 重要用語

 MP3-54

中文	德文	英文
旅行日程	die Reiseroute	itinerary
路線	die Route	route
旅行指南	der Reiseführer	guidebook
觀光巴士	der Bus für Rundfahrten	sightseeing bus
旅費	die Reisekosten	traveling expenses
嚮導費用	der Preis für die Führung	guide fee

實用會話

 MP3-55

1 我想遊覽市內的名勝。

Ich möchte die Stadt besichtigen.

I want to do the sights of the city.

2 請你幫我準備火車票好嗎？

Würden Sie bitte die Fahrkarten für mich besorgen?

Will you please arrange for my train tickets?

3 觀光巴士什麼時候開？

Um wieviel Uhr fährt der Rundfahrtbus ab?

What time does the sightseeing bus leave?

4 這個旅程包括三餐嗎？

Ist bei dieser Fahrt Verpflegung eingeschlossen?

Does this tour include meals?

5 我要預先付費用嗎？

Bezahlt man im voraus?

Do I pay the fare in advance?

V

6 是用英文說明嗎？

Sind die Erklärungen auf Englisch?

Are the explanations in English?

° °

7 我要一個能說英語的嚮導。

Ich möchte einen Führer, der Englisch spricht.

I want a guide who speaks English.

補充句，你還可以這樣說！　　 MP3-56

★ 我要租一艘船。/ Ich möchte ein Boot mieten.
/ I want to hire a boat.

★ 請安排一項這個城市的旅遊
/ Bitte arrangieren Sie eine Stadtrundfahrt für mich.
/ please arrange for a tour of the city

★ 安排我的旅館房間 / die Hotelzimmer für mich besorgen
/ arrange for my hotel rooms

★ 觀光遊艇 / das Rundfahrtschiff / the sightseeing boat

★ 午餐 / das Mittagessen / lunch

★ 晚餐 / das Abendessen / supper

★ 我要預付錢給導遊嗎? / Bezahlt man den Führer im voraus?
/ Do I pay the guide in advance?

★ 會說英語的導遊 / einen Führer, der Englisch spricht
/ a guide who speaks English.

V

3 觀 光
Sehenswürdigkeiten
Sightseeing

重要用語

 MP3-57

中文	德文	英文
特殊的景色	besondere Sehenswürdigkeiten	sights of special interest
有名的地方	ein bekannter Ort, eine historische Stätte	noted place
史蹟	historische Denkmäler	historical relics
商業區 商店區	das Geschäftsviertel	business district shopping district
行政區	das Regierungsviertel	governmental district
娛樂區	das Vergnügungsviertel	amusement district
政府機關辦公室	die Regierungsgebäude	government offices
博物館	das Museum	museum
戲院	das Theater	theater

教堂 (指大而且重要的)	die Kathedrale, der Dom	cathedral
教堂	die Kirche	church
宮殿	der Palast, das Schloss	palace
塔	der Turm	tower
城堡	die Burg, das Schloss	castle
大學	die Universität	university
圖書館	die Bibliothek	library
市政廳	das Rathaus	City Hall
醫院	das Krankenhaus	hospital
雕像	die Statue	statue
紀念碑	das Denkmal	monument
動物園	der Zoo	zoo
植物園	der Botanische Garten	botanical gardens
公園	der Park	park
花園	der Garten	garden

V

廣場	der Platz	square
池	der Teich	pond
泉	der Springbrunnen	fountain
湖	der See	lake
海	die See, das Meer	sea
川，河	der Fluss	river
橋	die Brücke	bridge
港	der Hafen	harbor
山	der Berg	mountain
丘	der Hügel	hill
特別事件	das besondere Ereignis	special event
年中事件	die alljährliche Veranstaltung	annual event
博覽會	die Messe	fair
展覽會	die Ausstellung	exhibition
入場費；門票費	der Eintrittspreis	admission fee
紀念品	das Andenken	souvenir

圖畫的明信片	die Ansichtskarte	picture post card
著名的	berühmt	famous
非常好	herrlich, wunderbar	wonderful
美麗的	schön	beautiful

V

實用會話

1 請先告訴我一些不該錯過的地方。

Machen Sie mir bitte ein paar Vorschläge, was ich mir ansehen sollte.

Please tell me some of the places one should visit.

2 那公園叫什麼名字?

Wie heißt der Park?

What's the name of that park?

3 左邊那建築物是什麼?

Was ist das für ein Bauwerk dort links?

What's that structure on the left?

4 那是誰的雕像?

Wessen Statue ist das?

Whose statue is that?

5 這建築物多高?

Wie hoch ist dieses Gebäude?

How tall is this building?

6 博物館現在開門嗎?

Ist das Museum jetzt geöffnet?

Is the museum open now?

7 博物館什麼時候開門?

Um wieviel Uhr wird das Museum geöffnet?

What time does the museum open?

8 門票費是多少?

Was kostet der Eintritt?

How much is the admission fee?

V

9 可以照相嗎?(照相被允許嗎?)

Darf man fotografieren?

Is it permitted to take photographs?

10 你們賣圖畫明信片嗎?

Haben Sie Ansichtskarten?

Do you sell picture post cards?

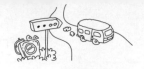

補充句，你還可以這樣說！

 MP3-59

請告訴我應該參觀的一些博物館。
/ Bitte sagen Sie mir, welche Museen ich mir ansehen sollte.
/ Please tell me some of the museums one should visit.

那座橋的… / die Brücke / of that bridge

在右邊的那座舊的建築物 / das alte Gebäude dort rechts
/ that old building on the right

誰的紀念碑…? / Wessen Denkmal...? / Whose monument...?

……多大? / Wie groß...? / How large...?

在星期天開放 / sonntags geöffnet? / open on Sundays?

關閉 / geschlossen / close

…禁止…嗎? / Ist... verboten? / Is...forbidden...?

VI

電話・郵局

Telefon und Post

Telephone and Post Office

1 電　話
Das Telefon
Telephone

 重要用語

 MP3-60

中文	德文	英文
公共電話	der öffentliche Fernsprecher	public telephone
公共電話亭	die Telefonzelle	telephone booth
電話簿	das Telefonbuch	telephone directory
聽筒	der Hörer	receiver
電話號碼	die Telefonnummer	telephone number
分機	der Nebenanschluss, die Durchwahl	extension
長途電話	das Ferngespräch	long-distance call (trunk call)
號碼錯誤	die falsche Nummer, falsch verbunden	wrong number
接線生	die Vermittlung die Zentrale	operator

消息	die Nachricht	message
打電話	anrufen	ring up, call up

VI

實用會話

 MP3-61

1 可以借用一下這個電話嗎？

Kann ich dieses Telefon benutzen?

May I use this phone?

2 我要打長途電話到漢堡。

Ich möchte nach Hamburg telefonieren.

I want to make a (long distance) call to Hamburg.

3 請幫我接櫃檯。

Verbinden Sie mich bitte mit dem Empfang.

Please connect me with the counter.

4 (電話線路) 講話中。

Der Anschluss ist besetzt.

The line is busy.

5 這是Fischer先生的家嗎?

Ist dort Herr Fischer?

Is this (the home of) Mr. Fischer?

6 對不起，你撥錯號碼了。

Tut mir leid, falsch verbunden.

Sorry, you have the wrong number.

○ ○

7 喂!我可以和Braun先生談話嗎?

Kann ich bitte Herrn Braun sprechen?

Hello. May I speak to Mr. Braun?

○ ○

8 我是蔣。

Hier Chiang. (Hier spricht Chiang.)

This is Chiang speaking.

○ ○

9 Schmidt 先生在家嗎?

Ist Herr Schmidt wohl zu Hause?

Is Mr. Schmidt at home?

VI

○ ○

10 請等一等。

Einen Augenblick, bitte. [Bleiben Sie bitte am Apparat.]

Hold on a moment.

○ ○

11 抱歉。Braun先生現在不在家。

Herr Braun ist leider nicht zu Hause.

I'm sorry, Mr. Braun is not at home now.

12 他什麼時候會回來?

Wann ist er wohl wieder zu erreichen?

When will he be back?

13 我等一下再打。

Ich rufe später noch einmal an.

I'll call again later.

14 對不起，我聽不太清楚。

Verzeihung, ich kann Sie nicht gut hören.

Sorry, I can't hear you very well.

15 請說大聲一點。

Könnten Sie bitte etwas lauter sprechen?

Please speak a little louder.

16 我可以留個話嗎?

Könnten Sie ihm bitte etwas ausrichten?

May I leave a message?

17 我可以用電話和你聯絡嗎?

Kann ich Sie telefonisch erreichen?

Can I reach you by telephone?

18 這附近有公共電話嗎?

Gibt es hier in der Nähe einen öffentlichen
Fernsprecher?

Is there a public telephone near here?

19 打到臺北的長途電話費多少?

Was kostet ein Gespräch nach Taipei?

What is the charge for a long-distance call to Taipei?

20 我要把銅幣投到哪裡?

Wo wirft man das Geld ein?

Where do I insert the coin?

21 有你的電話。

Sie werden am Telefon verlangt.

You are wanted on the phone.

VI

22 請說話。

Bitte sprechen Sie.

Please go ahead.

23 你現在在哪裡打電話?

Von wo sprechen Sie?

Where are you calling from?

補充句，你還可以這樣說！

MP3-62

ˋˋ 可以，請。/ Bitte sehr. / Yes, please.

ˋˋ 電話簿 / Telefonbuch / a telephone directory

ˋˋ 中華民國大使館 / die Botschaft von Taiwan
/ the Taiwanese Embassy

ˋˋ Köln-Wahn機場 / den Flughafen Köln-Wahn
/ The Köln-Wahn Airport

ˋˋ 房間服務 / den Zimmerkellner / room service

ˋˋ 到台北 / nach Taipei / to Taipei

ˋˋ 打電話到氣象局 / den Wetterdienst anrufen
/ to make a call to the weather information bureau

ˋˋ 接詢問臺 / mit der Auskunft / with information

ˋˋ 接102號分機 / mit Apparat 102 / with Extension 102

ˋˋ ⋯⋯的辦公室 / das Büro von.... / the office of...

ˋˋ 抱歉。我撥錯號碼了。/ Verzeihung, falsch verbunden.
/ I'm sorry. I called the wrong number.

ˋˋ 給經理 / den Geschäftsführer / to the manager

不在這裡 / ist hier nicht zu erreichen / is not here

現在外出 / ist jetzt leider nicht da / is out now

今天下午 / heute nachmittag / this afternoon.

九點和十點之間 / zwischen 9 und 10 / between 9 and 10

我聽不懂你所說的
/ Verzeihung, ich habe nicht ganz mitbekommen, was Sie gerade gesagt haben.
/ Sorry, I didn't catch what you said.

★ 再慢點 / etwas langsamer / a little more slowly

清楚點 / etwas deutlicher / more clearly

請叫他打電話到我(住)的旅館給我。
/ Sagen Sie ihm bitte, er möchte mich im Hotel anrufen.
/ Please tell him to call me at my hotel.

VI

我應投入什麼硬幣?
/ Was für ein Geldstück muss ich einwerfen?
/ What coin should I insert?

2 郵 局
Die Post, das Postamt
Post Office

 重要用語

 MP3-63

中文	德文	英文
郵件；郵寄	die Post	mail (post)
郵局職員	der Postbeamte	post-office clerk
窗（口）	der Schalter	window
郵票	die Briefmarke	postage stamp
明信片	die Postkarte	postal card
信	der Brief	letter
信封	der Umschlag, der Briefumschlag	envelope
電報	das Telegramm	telegram
航空郵件	die Luftpost	air mail
船舶（或陸上運送）郵件	die gewöhnliche Post	surface mail

普通郵件；平信	die gewöhnliche Post	regular mail
限時信	die Eilzustellung, mit Eilboten	express delivery
掛號郵件	Einschreiben	registered mail
送遞	die Zustellung	delivery
寄信人	der Absender	sender
收信人	der Empfänger	receiver

 實用會話

 MP3-64

1 最近的郵局在哪裡？

Wo ist das nächste Postamt?

Where is the nearest post office?

2 我要以航空郵件寄這封信。

Ich möchte diesen Brief mit Luftpost schicken.

I want to send this letter by air mail.

3 寄到維恩的普通郵資是多少?

Was kostet ein Brief nach Wien?

What is the regular postage to Wien?

4 寄到加拿大的航空信多少錢?

Was kostet ein Luftpostbrief nach Kanada?

How much is an air-mail letter to Canada?

5 在哪裡可以買到郵票?

Wo bekomme ich Briefmarken?

Where can I buy stamps?

6 航空郵寄這個到臺灣。

Nach Taiwan mit Luftpost bitte.

Send this to Taiwan by air mail.

7 這裡頭包的是什麼? (內容是什麼?)

Was ist in dem Paket?

What are the contents?

8 裡頭包的是書。

Bücher.

They are books.

9 請秤一秤這封信。

Könnten Sie mir diesen Brief bitte wiegen?

Please weigh this letter.

VI

10 郵資對嗎?

Stimmt das Porto?

Is the postage correct?

11 這封航空信何時到達臺北?

Wie lange ist dieser Luftpostbrief nach Taipei wohl unterwegs?

When will this air mail letter reach Taipei?

補充句，你還可以這樣說！

 MP3-65

★ 最近的郵筒 / der nächste Briefkasten / the nearest mailbox

★ (買)賣郵票的窗口 / der Briefmarkenschalter
/ the window for stamps

★ 以海運寄送這包裹 / dieses Paket mit gewöhnlicher Post
/ this package by surface mail.

寄到日本的航空明信片 / eine Luftpostkarte nach Japan
/ an air-mail post card to Japan

寄到Bern的掛號信 / ein Einschreibebrief nach Bern
/ a registered letter to Bern

寄到Stuttgart的快信 / ein Eilbrief nach Stuttgart
/ an express-delivery letter to Stuttgart.

明信片 / Postkarten / postal cards

信封 / Briefumschläge / envelopes

報紙 / Zeitungen / newspapers

這包裹 / dieses Paket / this parcel

請借我一支鉛筆 / Leihen Sie mir bitte einen Bleistift.
/ Please lend me a pencil.

VII

膳 食

Das Essen

Eating

玩德國！看完這本就出發，中‧德‧英對照

1 在餐館
Im Restaurant
At a Restaurant

 重要用語

 MP3-66

中文	德文	英文
服務生	der Kellner	waiter
女服務生	die Kellnerin	waitress
桌子	der Tisch	table
餐巾	die Serviette	napkin
刀子	das Messer	knife
叉子	die Gabel	fork
湯匙	der Löffel	spoon
盤子	der Teller	plate
碟子； 盤子	die Schüssel, die Schale	dish
小碟子； 茶托	die Untertasse	saucer

杯子	das Glas	glass
茶杯	die Tasse	cup
早餐	das Frühstück	breakfast
午餐	das Mittagessen	lunch
晚餐	das Abendessen	supper
正餐	die Hauptmahlzeit	dinner
菜單	die Speisekarte	menu, bill of fare
客飯	das Gedeck(北), das Menü(南)	table d'hôte
湯	die Suppe	soup, potage
清而味濃的肉湯	die Fleischbrühe, die Kraftbrühe	broth
燉菜	das Gulasch	stew
魚	der Fisch	fish
鮭魚	der Lachs	salmon
鱈魚	der Kabeljau	cod
鱒魚	die Forelle	trout

VII

龍蝦	der Hummer	lobster
蠔；牡蠣	die Auster	oyster
蟹	die Krabbe	crab
牛肉	das Rindfleisch	beef
牛腰上部之肉	das Lendenstück, die Lendenschnitte	sirloin
生肉；肉 (魚) 片	das Filet	fillet
小牛之肉	das Kalbfleisch	veal
豬肉	das Schweinefleisch	pork
羊肉	das Hammelfleisch	mutton
雞肉	das Huhn, das Geflügel	chicken
肉片；魚片；牛排	das [Beef] steak	steak
全熟	[gut] durchgebraten	well-done
嫩的；適度的	normal gebraten	medium
半熟	nicht durchgebraten	rare (underdone)
生的	roh	raw
烘 (焙) 的	gebacken	baked

煮的	gekocht	boiled
煎的；炸的	[in der Pfanne] gebraten	fried
烘烤的	gebraten	roasted
燜燉	geschmort, gedämpft	stewed
煎 (炸) 的	geschwenkt	sauté
香腸	die Wurst	sausage
火腿	der Schinken	ham
燻肉	der Speck, der Schinkenspeck	bacon
蛋	das Ei	egg
蛋捲	das Omelett, der Eierkuchen	omelet
煮蛋	das gekochte Ei	boiled egg
煎蛋	das Spiegelei	fried egg
火腿 (燻肉)	Schinken (Speck)	ham(bacon)
夾蛋	mit Ei	and eggs

VII

煮蛋	verlorene Eier (水煮蛋：gekochte Eier)	poached eggs (boiled eggs)
蔬菜	das Gemüse	vegetable
馬鈴薯	die Kartoffel, Kartoffeln	potato
胡蘿蔔	die Möhre, Mohrrüben	carrot
青豌豆	grüne Erbsen	green peas
蘆筍	der Spargel	asparagus
菠菜	der Spinat	spinach
芹菜	die Sellerie	celery
萵苣	der [grüne] Salat, der Kopfsalat	lettuce
花椰菜	der Blumenkohl	cauliflower
胡瓜	die Gurke	cucumber
甘藍菜	der Kohl	cabbage
蕃茄	die Tomate	tomato
洋蔥	die Zwiebel	onion

生菜 (涼拌)	der Salat	salad
蛋黃醬的一種	die Mayonnaise	mayonnaise
法國調味料 (一種生菜調味品)	das French Dressing	French dressing
燕麥片 (粥)	der Haferschleim, die Haferflocken	oatmeal
麵包 白麵包 黑麵包	das Brot, das Weißbrot, das Graubrot	bread
薄片	die Scheibe, die Schnitte	slice
土司	der Toast	toast
三明治	belegte Brote	sandwiches
熱狗	der Hot Dog, ein heißes Würstchen mit Brötchen	hot dog
漢堡牛排； 碎牛肉三明治	die Frikadelle	hamburger
餐後點心	der Nachtisch, das Dessert	dessert
鮮奶油薄餅	die Torte	flatcake

VII

餡餅；派	die Obsttorte	pie
布丁	der Pudding	pudding
冰淇淋	das Eis	ice cream
香草	Vanille	vanilla
巧克力	Schokolade	chocolate
冰果子露	das Fruchteis	sherbet
水果	das Obst	fruit
蘋果	der Apfel	apple
鳳梨	die Ananas	pineapple
橘子	die Orange, die Apfelsine	orange
香蕉	die Banane	banana
草莓	die Erdbeere	strawberry
葡萄	die Weintraube	grape
梨子	die Birne	pear
瓜	die Melone	melon
桃子	der Pfirsich	peach

果汁	der Saft	juice
牛奶	die Milch	milk
咖啡	der Kaffee	coffee
紅茶	der Tee	tea
砂糖	der Zucker	sugar
牛油	die Butter	butter
乳酪	der Käse	cheese
果醬	die Marmelade	jam
鹽	das Salz	salt
調味汁；醬油	die Soße	sauce
芥末	der Senf	mustard
胡椒	der Pfeffer	pepper
帳單	die Rechnung	bill

VII

實用會話

1 我們可以在這裡吃午餐嗎?

Wir möchten Mittag essen.

Can we lunch here?

2 請找一張兩人坐的桌子。

Einen Tisch für zwei Personen bitte.

A table for two, please.

3 對不起，這個桌子已被訂了。

Dieser Tisch ist leider reserviert.

I'm sorry, but this table is reserved.

4 請拿菜單給我。

Die Speisekarte bitte.

Bring me the menu, please.

5 今天有什麼特別菜? (今天的特別菜是什麼?)

Was können Sie heute besonders empfehlen?

What is today's special ?

6 你們供應全餐嗎?

Haben Sie abends auch Gedecke?

Do you serve a table d'hôte dinner?

○ ○

7 你推薦 (建議) 什麼菜? (你說哪一種好?)

Was würden Sie vorschlagen?

What do you recommend?

○ ○

8 你們有哪一種湯?

Was für Suppen haben Sie?

What kinds of soup do you have?

○ ○

9 我要豆莢湯和牛排。

Ich nehme Erbsensuppe und Beefsteak.

I'll have pea soup, and beefsteak.

○ ○

VII

10 我的牛排要全熟的。

Ich hätte das Steak gerne gut durchgebraten.

I want my steak well-done.

○ ○

11 你要什麼點心?

Was möchten Sie als Nachtisch?

What will you have for dessert?

○ ○

12 你比較喜歡什麼，茶或咖啡?

Was trinken Sie lieber, Tee oder Kaffee?

Which would you prefer, tea or coffee?

13 我們時間不多。(趕時間) 我們點的菜快點送來。

Wir haben es eilig. Sorgen Sie bitte dafür, dass es schnell geht.

We're in a hurry. Please rush our orders.

14 我沒點這個，我只要咖啡。

Das habe ich nicht bestellt, ich wollte nur Kaffee.

I didn't order this, just coffee.

15 服務生。請把帳單給我。

Herr Ober, die Rechnung bitte.

Waiter. Please let me have the bill.

16 服務費包括在內嗎?

Ist das einschließlich Bedienung?

Is the service charge included?

17 這 (小費) 是給你的。

Das ist für Sie.

This is for you.

補充句，你還可以這樣說！  MP3-68

、、 吃飯；進餐 / essen / dine

、、 五人坐的 / für fünf / for five

、、 靠近窗子的 / am Fenster / near the window

、、 還沒準備好 / noch nicht gedeckt / is not set yet

、、 一杯水 / ein Glas Wasser / a glass of water

、、 餐巾 / eine Serviette / a table napkin

、、 多一些麵包 / noch etwas Brot / some more bread

、、 你們供應日本菜嗎？/ Haben Sie etwas Japanisches？
/ Do you serve any Japanese food？

、、 燻肉炒蛋 / gebratenen Speck mit Ei / bacon and eggs

、、 這盤魚 / dieses Fischgericht / this plate of fish

、、 烤牛肉炒馬鈴薯泥 / Kalbsbraten mit Kartoffelpüree
/ roast veal with mashed potatoes

、、 半熟的 / nicht zu stark gebraten / medium rare

★ 未完全煮熱的 / nicht durchgebraten / rare

、、 喝；飲 / zu trinken / to drink

VII

★ 我沒點這道牛排。 / Das Steak habe ich nicht bestellt.
/ I didn't order this steak.

★ 這種酒 / Den Wein / this wine

★ 請收下零錢。 / Der Rest ist für Sie. / Please keep the change.

2 在酒吧
In einer Bar
At a Bar

 重要用語

 MP3-69

中文	德文	英文
酒保	der Mixer, der Barkeeper	bartender
葡萄酒	der Wein	wine
啤酒	das Bier	beer, ale
生啤酒	das [Fass] bier	draught beer
威士忌	der Whisky	whiskey, whisky
白蘭地	der Weinbrand	brandy
威士忌加蘇打	der Whisky-Soda	whisky and soda
雞尾酒	der Cocktail	cocktail
馬丁尼	der Martini	Martini
香檳	der Sekt	champagne
有泡沫的杜松子酒	der Gin Fizz	gin fizz

VII

無甜味的	herb	dry
甜的	süß	sweet

實用會話

 MP3-70

1 我請你喝杯雞尾酒吧!

Darf ich Sie zu einem Cocktail einladen?

Let me treat you to a cocktail.

2 你們要喝什麼?

Was trinken Sie?

What will you have to drink?

3 喝一杯如何?

Wie wäre es mit etwas zu trinken?

How about a drink?

4 你們有什麼牌子的威士忌?

Was für Whisky haben Sie?

What brand of whisky do you have?

VII

5 請給我一杯 (瓶) 蘇格蘭(牌的)。

Geben Sie mir bitte einen Scotch.

Give me a Scotch, please.

6 我來付帳。

Das geht auf meine Rechnung. [Das zahle ich.]

It's on me.

7 祝你健康!

Auf Ihr Wohl!

To your health!

補充句‧你還可以這樣說！

 MP3-71

★ (喝一些) 啤酒 / zu einem Bier / to some beer

★ 一杯啤酒 / einem Glas Bier / a glass of beer

★ 一杯 (瓶) 雞尾酒 / einem Cocktail / a cocktail

★ 再來一杯如何? / Wie wär's, noch ein Glas...?
/ How about another glass of...?

★ 葡萄酒 / Wein / of wine

★ 威士忌加蘇打 / Whisky-Soda / Whisky and soda

★ 一些冰水 / etwas Eiswasser / some ice water

★ 一杯啤酒 / ein kleines Helles / a glass of beer

★ 再一杯香檳 / noch ein Glas Sekt / another glass of champagne

★ 乾杯 / Prost!, Zum Wohl!, Ex! / Cheers!, Your health!, Bottoms up!

VII

3 被邀用膳
Die Einladung zum Abendessen
Being Invited to Dinner

 實用會話  MP3-72

1 我想邀請你明天晚上到我家吃飯。

Ich möchte Sie morgen abend zum Essen zu mir einladen.

I'd like to invite you to my house for dinner tomorrow evening.

2 我將很樂意來。

Vielen Dank. Ich komme gerne.

I'll be glad to come.

3 謝謝你邀請我。

Vielen Dank für Ihre freundliche Einladung!

Thanks for inviting me.

4 請就座好嗎?

Würden Sie bitte Platz nehmen?

Will you please sit down?

5 請自己用。

Bitte bedienen Sie sich!

Please help yourself.

○ ○

6 請把鹽遞給我。

Würden Sie mir bitte das Salz reichen?

Please pass me the salt.

○ ○

7 請多吃點肉。

Nehmen Sie doch noch etwas Fleisch.

Please have some more meat.

○ ○

8 我吃不下了，謝謝你。

Danke, nein. Ich möchte nichts mehr.

No more, thank you.

○ ○

VII

9 (你們)招待得真週到!菜真豐富!

Das war wirklich ein Hochgenuss.

It was a wonderful treat.

★ 吃午餐 / zum Mittagessen / for luncheon

★ 我很高興參加你的宴會。 / Ich komme gerne zu Ihrer Party.
/ I'm glad to attend your party.

★ 請你坐這個位子好嗎? / Würden Sie bitte hier Platz nehmen?
/ Will you please take this seat?

★ 更多一些 / noch einen Schluck..... / some more.....

★ 我玩得很痛快。 / Es hat ausgezeichnet geschmeckt.
/ I've enjoyed very much.

★ 謝謝你給我這個美好的晚上。
/ Haben Sie vielen Dank für den schönen Abend.
/ Thank you very much for the nice evening.

娛 樂

Das Vergnügen

Entertainments

1 戲 院
Das Theater
Theater

 重要用語

 MP3-74

中文	德文	英文
戲劇	das Drama, das Schauspiel	drama, play
悲劇	die Tragödie	tragedy
喜劇	die Komödie	comedy
芭蕾舞	das Ballett	ballet
歌劇	die Oper	opera
音樂劇	das Musical	musical
小型歌劇	die Operette	opperetta
情節	die Handlung	plot
幕	der Akt	act
場	die Szene	scene
觀眾	das Publikum	audience

作者	der Autor	author
劇作家	der Dramatiker	playwright
演員	der Schauspieler	actor
女演員	die Schauspielerin	actress
導演	der Regisseur	director
製片人	der Produzent	producer
演出	die Aufführung, die Vorstellung	performance
角色	die Figur, die Rolle	character, role
演員陣容	die Besetzung	cast
入口	der Eingang	entrance
出口	der Ausgang	exit
休息時間	die Pause	intermission
售票室；票房	die Kasse, die Theaterkasse	box office
戲票	die Karte, die Theaterkarte	theater ticket

VIII

預售	der Vorverkauf	advance sale
(演戲的)日場	die Nachmittagsvorstellung	matinee
節目(單)	das Programm	program
衣帽間	die Garderobe	checkroom (cloakroom)
休息室	das Foyer	foyer, lobby
飲食店；餐館	das Büffett, der Erfrischungsraum	refreshment room
戲院容納觀(聽)眾之大廳或房間	der Zuschauerraum	auditorium
座位(排)	die Reihe	row
預定座位	der nummerierte Platz	reserved seat
包廂座位	der Logenplatz	box seat
管絃樂隊席	der Parkettplatz, das Parkett	orchestra seat (orchestra stall)
戲院裡的包廂	der Balkon, der Rang	balcony
管絃樂團員席	der Orchesterraum	orchestra pit
舞台	die Bühne	stage

幕	der Vorhang	curtain
舞台裝置	das Bühnenbild	stage setting
道具佈置	die Ausstattung	scenery

VIII

 實用會話

 MP3-75

1 我能在哪個戲院欣賞到席勒的戲劇?

In welchem Theater wird ein Drama von Schiller gespielt?

At what theater can I enjoy a play by Schiller?

2 今晚Residenztheater戲院上演什麼戲?

Was wird heute im Residenztheater gespielt?

What play is on this evening at the Residenztheater?

3 今晚我要一個包廂的位子。

Ich hätte gerne einen Platz im ersten Rang für heute abend.

I want a balcony seat for this evening.

4 請告訴我座位好嗎?

Würden Sie mir bitte meinen Platz zeigen?

Will you show me my seat?

5 這座位有人坐嗎?

Ist dieser Platz besetzt?

Is this seat occupied?

6 表演何時開始?

Um wieviel Uhr beginnt die Vorstellung?

At what time does the performance begin?

○ ○

7 請你脫帽好嗎?

Darf ich Sie bitten, den Hut abzunehmen?

Would you kindly remove your hat?

○ ○

8 這場戲的主角是誰?

Wie heißt die Hauptfigur in dem Stück?

Who is the leading character of the play?

○ ○

9 你覺得這齣戲怎麼樣?

Wie hat Ihnen das Stück gefallen?

How did you enjoy the play?

VIII

 補充句，你還可以這樣說！  MP3-76

歌劇 / eine Oper / operas

音樂劇 / ein Musical / a musical

哪齣歌劇…? / Welche Oper...? / What opera...?

包廂座位 / Logenplatz / a box seat

前排的位子 / Platz in der ersten Reihe / a seat in the front row

星期六晚上的~ / für Samstagabend / for Saturday night

售票處開了 / ...beginnt der Kartenverkauf / the box office open

女主角 / die Hauptdarstellerin / the leading lady

我非常欣賞它。 / Es hat mir sehr gut gefallen.
/ I enjoyed it very much.

2

電 影
Das Kino
Movies

 重要用語

 MP3-77

中文	德文	英文
電影院	das Kino	movie theater
預告片	die Vorschau	trailer
寬銀幕	die Breitwand	wide screen
字幕	der Untertitel	subtitles
主題曲	das Titellied	theme song
導演	der Regisseur	director
製作人；製片人	der Produzent	producer
男演員；女演員	der [Film]schauspieler (die [Film] schauspielerin)	film actor (actress)
影星	der Filmstar	film star

VIII

 實用會話

 MP3-78

1 今晚你願意與我去看電影嗎？

Hätten Sie Lust, heute abend mit mir ins Kino zu gehen?

Would you like to go to the movies with me this evening?

2 現在上演什麼好的片子?

Läuft im Moment irgendwo ein guter Film?

Is there any good picture on now?

3 國會戲院正在上演 "007" 。

Im Kapitol läuft "007".

The Capitol Theater is showing "007"

4 這部影片去年榮獲三個獎項。

Der Film hat im vergangenen Jahr drei Preise gewonnen.

The picture won three Awards last year.

補充句，你還可以這樣說！  MP3-79

★ 星期六下午 / Sonntag nachmittag / on Sunday afternoon

和我去⋯好嗎? / Wie wär's, hätten Sie Lust...zu gehen?
/ How about going...with me?

音樂片(電影) / Musical / any musical movie

卡通影片 / Trickfilm / animated cartoon

這附近 / in der Nähe / near here

一部好的卡通片 / ein guter Trickfilm / a good animated cartoon

恐怖片 / ein Horrorfilm / a horror movie

西部片 / ein Western / a western

誰主演? / Wer spielt die Hauptrolle? / Who plays the title role?

VIII

3 美術與音樂
Kunst und Musik
Art and Music

 重要用語

 MP3-80

中文	德文	英文
(繪)畫	das Gemälde	painting, picture
油畫	das Ölgemälde	oil painting
水彩	das Aquarell	water color
圖書	die Zeichnung	drawing
素描	die Skizze	sketch
山水風景畫	das Landschaftsbild	landscape painting
肖像畫	das Porträt	portrait
靜物(畫)	das Stilleben	still life
雕刻	die Skulptur	sculpture
(雕)像	die Statue	statue
青銅	die Bronzestatue	bronze

大理石	der Marmor	marble
畫家	der Maler	painter
雕刻家	der Bildhauer	sculptor
建築師	der Architekt	architect
建築	die Architektur	architecture
哥德式建築	die Gotik, gotisch	Gothic
文藝復興 (時期)	die Renaissance	Renaissance
畫廊	die Galerie	gallery
博物館	das Museum	museum
音樂廳	der Konzertsaal	concert hall
音樂會	das Konzert	concert
音樂會 (獨奏或獨唱)	der Liederabend	recital
交響樂	die Symphonie	symphony
管絃樂	das Orchester	orchestra
協奏曲	das Konzert	concerto
室內樂	die Kammermusik	chamber music

VIII

四部合唱；四重奏	das Quartett	quartet
三部合唱；三重奏	das Trio	trio
獨奏 (唱)	das Solo	solo
奏鳴曲	die Sonate	sonata
鋼琴	das Klavier	piano
風琴	die Orgel	organ
小提琴	die Violine, die Geige	violin
中音小提琴	die Bratsche, die Viola	viola
大提琴	das Cello	cello
低音樂器	die Bassgeige	bass
橫笛	die Flöte	flute
薩克斯風	das Saxophon	saxophone
豎笛	die Klarinette	clarinet
喇叭	die Trompete	trumpet
伸縮喇叭； 低音大喇叭	die Posaune	trombone

豎琴	die Harfe	harp
鼓	die Trommel	drum
口琴	die Mundharmonika	harmonica
吉他；六絃琴	die Gitarre	guitar
爵士樂	der Jazz	jazz
樂隊	die Kapelle	band
歌手	der Sänger	singer
演奏者	der Musiker	player
獨唱 (奏) 者	der Solist	soloist
指揮者	der Dirigent	conductor

VIII

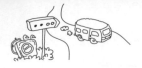

 實用會話

1 你喜歡繪畫嗎？

Sehen Sie sich gern Gemälde an?

Do you like paintings?

2 我對雕刻感興趣。

Ich interessiere mich für Bildhauerei.

I'm interested in sculpture.

3 這畫廊的主要展覽是什麼？

Was hat diese Galerie hauptsächlich?

What are the principal exhibitions in the Gallery?

4 慕尼黑的德國博物館是世界上最大的工藝技術博物館。

Das Deutsche Museum in München ist das größte technische Museum in der Welt.

The German Museum in Munich is the biggest museum on technology in the world.

5 這幅畫是誰畫的?

Von wem ist dieses Bild?

Who painted this picture?

6 這(幅畫)真是太好了。

Ich finde es großartig.

This is really wonderful.

○ ○

7 我正在收集風景畫。

Ich sammle Landschaftsbilder.

I am collecting landscape paintings.

○ ○

8 今天的精選品是什麼?

Was steht auf dem Programm?

What are today's selections?

○ ○

9 今晚的節目包括貝多芬的 田園 及以布拉姆斯的 悲劇序曲 。

Auf dem Programm steht unter anderem Beethovens Pastorale und Brahms Tragische Ouvertüre.

Today's program includes Beethoven's "Pastoral" and Brahms's "Tragic Overture".

VIII

 補充句，你還可以這樣說！  MP3-82

★ 風景畫 / Landschaftsmalerei / landscape painting

★ 抽象畫 / abstrakte Malerei / abstract painting

★ 畢卡索的畫 / Bilder von Picasso / Picasso's paintings

★ 古典音樂 / klassische Musik / classical music

★ 現代音樂 / moderne Musik / contemporary music

★ 爵士樂 / Jazz / jazz

★ 這個雕刻 / diese Plastik / this sculpture

★ 誰作這支鋼琴曲 / Von wem ist dieses Klavierstück?
   / Who composed this piano piece?

★ 卓越的；了不起 / meisterhaft / marvellous

★ 唱片 / Schallplatten / records

4

收音機和電視機
Der Rundfunk und das Fernsehen
Radio and Television

 重要用語

 MP3-83

中文	德文	英文
(無線電) 收音機	das Radio, der Rundfunk	radio (wireless)
電視	das Fernsehen	television, TV
廣播	die Sendung	broadcast
節目	das Programm	program
電視新聞	die Fernsehnachrichten, die Tagesschau	telenews
天氣預報	der Wetterbericht, die Wettervorhersage	weather forecast
頻道	der Kanal	channel
(開關) 關掉	abstellen	switch off
(開關) 打開	anstellen	switch on

VIII

鮮明的影像	das klare Bild	clear image

 實用會話　 MP3-84

1 我想看電視。

Ich würde gern etwas fernsehen.

I'd like to watch television.

2 今晚有什麼節目？

Was steht heute abend auf dem Programm?

What's on the program tonight?

3 NDR現在正在演什麼？

Was bringt der NDR jetzt?

What's NDR giving us now?

4 我們不能錯過它。

Das dürfen wir uns nicht entgehen lassen.

We mustn't miss it.

5 要我打開收音機嗎?

Soll ich das Radio anstellen?

Shall I turn on the radio?

○ ○

6 歌劇從今晚七點開始播送。

Heute abend um sieben wird eine Oper gesendet.

An opera is to be broadcast from seven this evening.

 補充句，你還可以這樣說！  MP3-85

★ 我想聽收音機。 / Ich möchte Radio hören.
  / I'd like to listen to the radio.

★ 我把收音機關掉好嗎? / Soll ich das Radio abstellen?
  / Shall I turn off the radio?

★ 廣播戲劇 / ein Hörspiel / A radio drama

★ 電視戲劇 / ein Fernsehspiel / A TV drama

★ 鋼琴演奏會；鋼琴獨奏 / ein Klavierkonzert / A piano recital

★ 一場電視轉播足球賽 / Die Übertragung des Fußballspiels.
  / A relay telecast of a football match.

VIII

國家圖書館出版品預行編目(CIP)資料

玩德國!看完這本就出發 / 張克展編著. -- 初版. --
新北市: 智寬文化, 民102.07
面 ; 公分
ISBN 978-986-87544-5-4(平裝附光碟片)
1.遊記 2.德國
743.9   102013749

外語學習系列 A009

玩德國!看完這本就出發

2013年8月 初版第1刷

作者　　　　　　張克展
錄音者　　　　　Klaus Bardenhagen(德籍) ／ 常青
出版者　　　　　智寬文化事業有限公司
地址　　　　　　新北市235中和區中山路二段409號5樓
E-mail　　　　　john620220@hotmail.com
電話　　　　　　02-77312238・02-82215078
傳真　　　　　　02-82215075
郵政劃撥・戶名　50173486・智寬文化事業有限公司
印刷者　　　　　永光彩色印刷廠
總經銷　　　　　紅螞蟻圖書有限公司
地址　　　　　　台北市114內湖區舊宗路2段121巷19號
電話　　　　　　02-27953656
傳真　　　　　　02-27954100
定價　　　　　　新台幣300元